ただいま、お酒は出せません！

長月天音

集英社文庫

目次

ただいま、お酒は出せません！

プロローグ

久しぶりに休日が重なって、街に出た。

ちょうど桜の季節で、どこもかしこも人が溢(あふ)れていた。

「うわ、平日なのに、こんなに人がいるんだ」

私は隣を歩く人の腕を引っ張る。

「驚いた？　東京っていつも人が多いよね。ってことは、週末はもっとすごいんだろうね」

「知りたかったら、週末に休みを取りなよ」

「ダメだよ。お店、忙しいもん」

仕方ないな、というように隣の人はため息をつく。

でも顔は笑っているから、私も安心してわがままを言う。

「そうだ。桜エビのパスタ、食べに行こうよ。駅前のイタリアンの新メニュー。今しか食べられないでしょ、桜エビ」

「ホント、六花は食べ物のことにはいつも一生懸命だね。これだけ飲食店が溢れているのに、よく毎回、食べたいメニューや行きたい店を見つけるよ。感心しちゃうな」

隣の人に腕を絡めたまま、視線を巡らせる。右も左も、駅に続く道はびっしりと居酒屋や中華料理店、蕎麦屋、カフェが軒を連ねている。確かに、よくこれで経営が成り立つなぁと思いながらも、きっと、東京にはこれだけ人がいるんだから、何とかなるんだろうと納得する。

「だって、私、食べるのも、お客さんにお料理を運ぶのも大好きだもん」

隣の人は苦笑する。彼は、いつだって私の言うことに頷いてくれる。

「じゃあさ、早く行こう。桜エビ食べたら、新宿に出て、映画でも見る？」

「うん。いいね。でも、どうしたの？　いきなり有休取って、平日に休むなんて」

私は並んで歩く人の顔を見上げた。

「そんなの、六花と出かけたかったからに決まっているじゃん。六花ってば、週末はいつも仕事なんだもん」

「それだけ？」

あははと私は笑った。隣の人がちょっとかわいかった。

毎日同じ家で寝起きしているのにと思ったのだ。

「でも、食べ物の好みが同じなのっていいよね」

そんなことを話しながら、駅前のイタリアンの扉を押す。店は地下にあり、木製の扉なので店内が見えず、開けてみてから初めて満席だということに驚く。

「どうする？　待つ？　桜エビ」

後ろからの声に、私は扉に手を掛けたまま、ちょっと考えた。

「う～ん、また、今度にしよっか。じゃあ、このまま新宿に出て、私の店に行こうよ。桜エビはないけど、春メニューで、ホタルイカのパスタとピザがあるの。ホタルイカ、好きでしょう？」

「今度なんて、なかなかなさそうだけどね」

笑いながら呟く声が聞こえたけれど、私はもう駅に向かってずんずん歩き始めていた。振り返って、「早くおいでよ」と彼を呼ぶ。

久しぶりのあの人とのお出かけが、私もとっても楽しくて仕方がなかったのだ。

どこからか、風に乗って桜の花弁が舞ってくる。気候はよく、昼時だからか、街にはいろんな美味しそうな香りが漂っている。通りを行きかう、たくさんの人たちもこれからどこかでお昼を食べるのだろう。

ありふれた、当たり前の日常。でも、私の隣には結婚したばかりの彼がいて、とても、とても幸せな気持ちだった。

第一章　最初の波

「えっと、明日から店は休業です。しばらくの間、自宅で待機していてください」

　店長である皆見圭吾（みなみけいご）の言葉が、頭の中を通過していった。固まった私の横で、入社二年目の真中（まなか）さんが「え～、マジで？　やったぁ」と歓声を上げる。

　桜も散り終え、新年度が始まって、新しい環境に飛び込んだ人々はこぞってやる気をみなぎらせ、そうでない人々も少しだけ気持ちを引き締める季節である。

　それなのに、休業？

　皆見を見た。うつむいて、目を合わせようとしない。言いにくいことを言う時の癖だ。冷静を装っているけれど、暑くもないのに額には一筋汗が伝っている。背筋はピンと伸びていて、店長らしい風格を漂わせているのが何だか痛々しい。

「今のところ、本社からは以上です。じゃあ、各自、ポジションに戻ってください」

　皆見はくるりと後ろを向いてキッチンへ向かう。休業となれば、やるべきことが山ほどあるのだろうが、その姿は、私から逃げているようにしか見えない。

ほかのスタッフが持ち場に戻っても、私は茫然と立ち尽くしていた。平日とはいえ、ラストオーダーの時間にはまだ一時間もあるのに、広い店内にお客様の姿はまばらだ。

「さっき、総理大臣が会見したみたいですもんね。お客様が話していました。とうとう、緊急事態宣言が出たって」

ベテランアルバイトの桐子さんだけが私の横に立っていた。彼女の顔もどこかぼんやりとしていて、真中さんだけが、今夜のポジションであるＡホールでウキウキと接客中だった。

「そっか、出ちゃったかぁ」

ため息のように呟くと、体中の力まで一緒に抜け出していくような気がした。

「カジュアルイタリアン・マルコ新宿店」では、店内をふたつのエリアに分けて、Ａホール、Ｂホールと呼んでいる。今夜の私のポジションは奥のＢホールだが、すでにお客様は一人もいない。

前回の週末も、前々回の週末も、店は臨時休業だった。東京都からの外出自粛要請にともない、テナントとして出店している新宿駅直結の商業ビル「シンジュク・ステーションモール」が全館において休業となったからだ。

平日の倍近い売上を確保できる週末の休業は、店にとって大きなダメージである。

いや、ここ新宿店だけではない。「株式会社マルコ」は、首都圏の大型商業施設を中心に、ピザをメインとするカジュアルイタリアンを展開している。いくつかの路面店もあるが、全社の売上に占める割合は、圧倒的にテナント店のほうが大きい。

「シンジュク・ステーションモール」が全館休業ということは、マルコが出店する、都内のほかの商業施設も同じ状況に違いない。いったい、会社はどうなるのだろう。二週間分の週末の売上がないだけでも大きな痛手のはずなのに、これからは、日々の売上がなくなってしまうのだ。

店内は眩しいほど明るい照明で満たされている。しかし、私の目の前は次第に暗くなっていくようだった。緊急事態とは、どんな事態なのか。日本は、東京は、マルコは、そして私の生活は、いったいどうなってしまうのだろう。

「六花さん」

ふいに呼ばれて、はっと我に返った。桐子さんが心細そうに私を見つめていた。

「……大丈夫ですよね、このお店」

二十六歳の彼女は、大学生の時にマルコでアルバイトを始め、私とはそれ以来の付き合いである。今はモデルの仕事の傍ら、頻繁にシフトに入ってくれる頼もしい存在だ。私を名字の「鈴木」ではなく、「六花」と名前で呼ぶのは、彼女のほかに、同期入社である店長の皆見しかいない。

私はマスク越しでも分かるほど、思いっきり微笑んだ。

「ウチの会社、そんなにヤワじゃないって。大丈夫、大丈夫。これまで、新宿店がどれだけ会社に貢献してきたと思っているの。ちょっとくらい休んだって、営業が再開すれば、絶対に反動で忙しくなって、すぐに取り戻せるよ」

「そっか、そうですよね」

桐子さんは、ほっとしたように目元を和らげた。駆け出しモデルの彼女にとって、マルコで得られる収入がまさに命綱なのである。

実際に新宿店は、社内でも常にトップの売上を叩き出してきた。

ターミナル駅の駅ビル内という立地、テーブル数もほかのどの店舗よりも多いことを考えれば当然だが、私たちスタッフは、ただそれに甘んじてきたわけではない。

ピークタイムともなれば、店を取り囲むように長蛇のウエイティングの列ができる。席数九十六席、びっしりと並べられたテーブルに、無駄なく、パズルのピースを当てはめるようにお客様を案内して、常に満席状態をキープするのは、口で言うよりもずっと難しい。

それぞれのテーブルの進行状況を把握しながら、私たちは迅速に料理を運び、片付け、次のお客様を案内する。それこそ、立ち止まる暇もないほどに。

お客様は、並んでまでマルコのピザやパスタを食べに来てくれているのだ。こちらだって、期待に応えられるよう、精いっぱいやらねば申し訳ない。

桐子さんとは、休憩も取れないほどの忙しさを何度も味わってきた。私の言葉にほっとしたのか、彼女はポジションのドリンクカウンターに戻り、てきぱきとグラスを洗い始めた。

今年一月に、初めて日本国内で感染者が発見された新型コロナウイルスは、その頃の私たちにとってはまだまだ遠いものだった。お客様とも「怖いわねぇ」などと、笑顔で交わす会話のひとつに過ぎず、どこか対岸の火事を眺めるような気持ちだった。

しかし、二月に国内で死者が確認されると、にわかに様子が違ってきた。三月に入ると、本社から「勤務時にはマスクを着用すること」という通達が来て、花粉症の時期ですら煩わしかったマスクを着けて、接客に臨むことになった。でも、それすらも感染対策というよりは、「世間に対するポーズ」に過ぎないと思っていた。

しかし、おそらく時期が悪かったのだろう。三月は年度末ということもあり、何やかやと外出や会合の機会が多くなる。そこから感染者が急増した。ニュースで感染症が取り上げられない日はなくなり、世の中の緊張感が高まった。

深夜のニュース番組しか見る機会のない私たち飲食店のスタッフも、さすがに危機感を感じ始めていた。でも、まさか学校の休校や、商業施設および飲食店の休業まで要請されるとは考えてもいなかった。そして、四月、とうとう緊急事態宣言が出されたのである。

最後のお客様の会計を済ませ、私たちはいつも通りに閉店作業を終えた。

皆見と話をしたかったが、ダウンライトだけが照らすキッチンで、寺田（てらだ）料理長と深刻に話し込む姿からは、とても声を掛ける隙など見つからない。

私と桐子さんは、新宿駅の地下通路に直結した従業員通用口で、まるっきりいつものように別れた。「しばらく会えませんね」「元気でね」と言葉を交わしたが、明日から休業とは、あまりにも現実感に乏しくて、お互いに曖昧な笑みを浮かべて手を振った。

少し遅れて、真中さんとキッチンの若手スタッフがぞろぞろと出て来た。

これまでにない事態に、どこか浮かれているように見える。

素直に休みを喜べる彼らを羨ましく思いながら見送り、私はそのまま皆見が来るのを待つことにした。もう一度話をしておきたかったのだ。

皆見と私は、入社十年目の同期である。

私は二年目にマルコ新宿店に異動してきて、皆見はその二年後にやってきた。

「シンジュク・ステーションモール」は、若者向けのファッションビルの傾向が強いせいか、マルコ新宿店も若手社員で固められ、皆見は、昨年の秋に店長に昇格したばかりだ。

　三十二歳の皆見と、三十六歳の寺田料理長。新宿店を支える若き二人は、慌ただしい営業中は頼もしいが、非常時となるといささか心もとなく思える。

　退館時間ギリギリになって、追われるように皆見と料理長が駆け出してきた。

　出入り口に待ち構えるように佇(たたず)んでいた私に気づき、二人はぎょっとしたように足を止めた。

「六花、まだいたのか」

　私は寺田料理長には「すみません」と断って、皆見にずいっと詰め寄った。

　皆見は怯(おび)えたように、二歩ほど下がる。

「いつまで休むのか知らないけど、お店はこのままでいいの？　今までみたいな、週末だけの休みとは違うんだよ。食材は？　抜栓したワインは？　予約が入っているお客様の確認はしたの？　とにかく、急すぎるよ。何の説明もないし」

　皆見は救いを求めるように料理長に視線を送る。

　いくら店長とはいえ、皆見に文句を言っても仕方がないことはよく分かっていた。このところ、何もかもが唐突すぎて、対応が追い付かない。日本中が新しい感染症に振り回されている気がする。

「明日、俺と料理長で片付ける。六花は心配するな」

私が帰る頃になって、ようやく本社から指示が出たらしい。思った通り、テナント店はすべて休業要請の対象となってしまったが、路面店のピッツェリア、「マルコ・ピッコロ」は、今後も営業を続けるという。使いかけの食材は路面店に回すことになり、明日は本社の営業部の社員も加わって、それらの作業や残務整理をするそうだ。

「私も手伝う！　掃除だってしたほうがいいし、本社の人より頼りになるでしょ？」

皆見はうつむいている。私はすがるように寺田料理長に視線を移した。いつも温和な彼は、困ったように皆見を見た。けっきょく私の視線はぐるりと一周して、冴えない表情の皆見で止まった。

「……本社からは、極力人件費も削るように言われている。売上がない以上、人手を使うわけにはいかない。夏目マネージャーも手伝ってくれるから、大丈夫だ」

「でも、ウチのお店は、ほかよりもずっと大きいじゃない。本当に大丈夫？」

私がしつこく食い下がったのは、何もお給料が心配だったからではない。新宿店だけではなく、会社の非常時に、何でもいいから力になりたいと思ったからだ。

皆見がようやく私を見た。こわばりの取れた表情に、どこか宥めるような気配を感じ、私は必死になっていた自分が少し恥ずかしくなった。

「ありがとな。六花もニュースは見ているだろ？　この状況で働かせて、スタッフに何かあれば、それも問題になる。今は自宅待機。そのための休業だ。分かるよな？」

「あ……」

私はわずかに身を引いた。ソーシャルディスタンスなどという耳慣れない言葉も、今ではすっかり日常語になっている。

「ごめん。困らせた。おとなしく自粛する」

「おう。混乱しているのはお互い様だ。それに、ウチの会社だけじゃない」

終電間際になると、いっそうせわしなくなる新宿駅の人の流れが、いつもよりずっと落ち着いていた。それがまた不安を掻き立てる。

何かあれば必ず連絡するように念を押し、私たちはそれぞれの改札に向かった。

目の前に青空が広がっている。

足元ではクローバーが柔らかな葉を風にそよがせていて、山形の故郷で過ごした子供の頃を思い出させる。堤防の上から見下ろす荒川は、思ったよりもずっと遠くにあり、ゆったりと空の色を映して輝いていた。

二十三区内とはとても思えない壮大な眺めだ。アパートからわずか二十分歩いただけで、こんな景色に出会えるとは考えもしなかった。

引っ越してきて丸二年経つが、散歩をしたのは初めてだ。目の前の絶景に感動で打ち震えるいっぽう、頭の片隅はやけに冷めていて、ついポロリと呟いてしまう。

「私、何やってるんだろ……」

ポケットからスマートフォンを取り出す。

時刻は午前八時三十三分。いつもなら、満員の電車に揺られている時間だ。

東京に緊急事態宣言なるものが出されて一週間が経つ。

それに伴い、私は仕事がなくなった。こんなことは初めてだ。飲食業界に就職すれば、けっして食いっぱぐれることはないと思っていた。お給料が良いとは言えないけれど。

人間にとって必ず必要な食べ物。人々はそれに、単なる糧として以上の様々な価値を付け加えてきた。味わい、舌触り、香り、見栄え。それらは感動や喜びとして、食事をする環境や接客サービスまでをも含めて完成され、巷（ちまた）にはレストランをはじめ、様々な飲食店が溢れている。

食事など家庭で済ませればいいものだが、それでは人間は飽き足らない。

だから私たちは存在するのだ。いつもの食事とは違った、特別なひと時をお客様に味わっていただくために。豊かな日々を送るためには、そんな経験もまた糧になる。

私はこれまでずっと、この職業は絶対のものだと信じてきた。

しかし、もしここで、人々が飲食店など不要だと思ってしまったら、今後、飲食業界はいったいどうなってしまうのか。どんなに考えても答えは出ない。

ふと、皆見のことが気になった。

私のように家で悶々と過ごしているのだろうか。

いや、案外楽しんでいるかもしれない。

なんと言っても、皆見の家には昨年生まれたエリちゃんがいる。奥さんも育休中のはずだから、ここぞとばかりに家族の時間を満喫している可能性が高い。

ちょっと悔しい。悔しいけれど、店長に昇格し、「エリのためにも、ますます頑張らないとな」と意気込んでいた皆見の真剣な表情を思い出すと、やっぱりどうしているのか気になった。

握りしめていたスマートフォンの通話ボタンをタップする。

そこで、ふと気づいた。

たぶん、私は皆見の声を聞くことで、不安な気持ちを落ち着かせたいのだ。

会社員はできる限り在宅勤務に切り替えたようだが、世に多く存在する接客業は、そういうわけにもいかない。私のように仕事に行けない人もたくさんいるはずなのだ。

彼らは、日々どう思い、どう過ごしているのだろう。それが知りたい。知って、自分だけではないと安心したい。

スマートフォンを耳に押し当てたまま、眩しい空を見上げる。

皆見はなかなか出てくれない。奥さんと仲良くエリちゃんをあやしているのだろうか。

いい天気だった。本来なら、新年度が始まったばかりの今頃は、夜ごと、歓迎会や入学のお祝いなどの予約でいっぱいだったはずだ。

私は鳴り続ける呼び出し音をいつまでも聞いていた。

この後の予定があるはずもなく、家に帰ってテレビをつけても、感染症の話題ばかりでよけいに気が滅入る。いっそ、一日中呼び出し音を聞き続けてもいい。ぼんやりとそんなことまで考えていた時、名前を呼ばれて我に返った。あまりにも柔らかな朝の陽ざしが心地よく、いつの間にか瞼が閉じかけていた。

『六花、悪い。気づかなかった』

「いいの、いいの。べつに用事があったわけじゃないから。ただ、どうしているのかなって」

久しぶりの皆見の声に、つい声が弾んだ。昨日も一昨日も、誰とも言葉を交わしていない。そこで、皆見の背後に聞こえる、ざわざわとした喧騒に気がついた。

「皆見、今、どこにいるの？」

『恵比寿』

「恵比寿って、どうして？　奥さんとエリちゃんは？」

『俺だけだよ。仕事なんだから』

「仕事？」

新宿店は休業しているのに仕事？　私は家にいるのに？　いろんな疑問が湧いてきて、つい口調にも訝しさが滲む。「いったい何の仕事よ」

『……広尾店のヘルプだよ』

明らかに気まずそうな声だった。

「ヘルプ？　路面店の？　だったら私もヘルプに行きたい。ねぇ、どこかないの？」

『いったい、何店舗休業していると思っているんだ。社員も有り余っている』

路面店の「マルコ・ピッコロ」は、広尾、品川、中目黒、赤坂、新橋に五店舗あるが、どこもこぢんまりとした店だ。スタッフだって、そう人数が必要なわけではない。

「……それでも、どこかないかな」

皆見はしばらく沈黙を続ける。スマートフォンの向こうからは、駅のコンコースに響く足音や、駅員のアナウンスが漏れ聞こえる。けっして都心に人がいないわけではない。しっかり働いている人もたくさんいるのだ。

ようやく、絞り出すように皆見が言った。

『六花、申し訳ないが、ヘルプは社員だけなんだ』

スマートフォンを握る手から、ふっと力が抜けた。そうか、社員だけか。

『六花？』

今度は私のほうがずいぶん長い間黙り込んでいた。

「あ、ごめん。そうだよね、やっぱり社員だよね。皆見、頑張ってきてね。パパなんだし、しっかり働かないとね」

よけいな一言まで付け加えて、通話を終える。脱力感に耐え切れず、しゃがみこんだ。

今の私は、パート従業員という立場だった。

あまりにも毎日、皆見と同じように朝から夜まで店にいるため、時々、そのことをすっかり忘れてしまう。

私は結婚を機に退職した。二十八歳の時だった。

夫となった人は、休日がカレンダー通りの職業に就いていた。結婚すれば、仕事よりも優先するものができる。いや、そうすべきだと思って、退職を決意したのだ。

けれど、やっぱりマルコが好きだったから、夕方まで働くパートという形で、辞めたばかりのマルコ新宿店ですぐに働き始めた。

退職すると告げた時、皆見は裏切られたような顔で「続けろよ」と言った。

皆見とは同期というだけでなく、結婚した時期も一緒だった。たぶん、それぞれの伴侶よりもお互いのことを知っていて、何でも言い合える相手だった。

時々、考える。もしも、何かが違っていたら、皆見と結婚していた可能性もあったのではないかと。とにかく、気心が知れているから、仕事の相棒としては最高だった。

パートという立場は、思った以上に居心地がよかった。

本社のスタッフに振り回されたり、細かい数字をとやかく言われたりすることもない。純粋にのびのびと、大好きな接客に専念することができた。

二年前に離婚してからも、パートの立場を手放さなかったのは、その気楽さにすっかり味をしめてしまったからだ。傷心を癒すためという言い訳まで用意して、私はこれからもずっとパートでいようと思った。そのために、家賃の安い郊外のアパートに引っ越しまでしたのだ。それなのに、急に不安定な立場を思い知らされ、息が詰まるほどの心細さを味わうことになろうとは。

今も営業を続けている五つの「マルコ・ピッコロ」では、どんなに頑張っても売上は心もとない。なまじ社員だっただけに、会社の経営状況まで予想ができてしまい、いっそう不安になってしまう。会社が行き詰まれば、パートの私の立場が危ういのは間違いない。

これは、楽なほうに流されてしまった自分に与えられた罰なのだろうか。

今思えば、皆見はずいぶん私を気に掛けてくれていた。

私が退職すると言い出した時は引き止め、離婚を知らせた時も、だったら中途採用で社員に戻ればいいと言ってくれたのだ。それでもパートでいると言い張った私の生活を心配したのか、夕方までだったシフトは、いつの間にか社員並みに働ける、朝から夜までのものになっていた。

私はすっかり皆見に甘え、ベテラン風を吹かせて、自分も社員でいるようなつもりになってしまっていた。けれど、けっきょく私はパート従業員に過ぎない。

つい足元に向いてしまう視線を上げる。

少し先にペンキの剝げた木製のベンチを見つけ、誘われるように向かった。腰を下ろすと、硬さと冷たさがジーンズ越しに伝わってくる。すぐ横にはゴミ箱があって、弁当の空き箱などで溢れかえっていた。私のように時間を持て余して、ここで過ごしている人がいるのかもしれない。

目の前を、黒いランニングウェアの若い男性が走り抜けていく。汗まで輝いていそうな精悍(せいかん)な姿だ。この前テレビで見た、スカーフのようなランニングマスクをしていて、カッコいいなと思ってしまう。

堤防下のアスファルトに視線を移せば、スポーツサイクルを楽しむ人々が行きかっていて、派手なヘルメットやウェアに目を奪われる。道具を揃(そろ)えるにもずいぶんお金がかかるに違いない。あの人たちは、いったいいつ仕事をしているのだろう。家に帰ったら、リモートで会議にでも臨むのだろうか。

リモート。この言葉も、つい最近覚えた。飲食店で立ち働く私には無縁だが、多くの会社員たちは出勤を控えて、自宅のパソコンで仕事ができるのだ。きっと、さっきのランナーも、自転車の人も、融通が利くようになった仕事をうまくやりくりして、趣味も楽しんでいるのだ。カッコいい装備まで整えて。

そう勝手に決めつけた私は、ここ数日でずいぶん卑屈になってしまった自分に驚く。

これまで、飲食業や接客業に負い目を感じたことなどなかったのに、パートという立場も相まって、時代に取り残されたような感覚にとらわれ、生活にゆとりのある人々を羨んでいるのだ。

仕事さえあれば。

私はマスクをはずして、大きく息を吸った。次に、吐き出す。体中に焦燥感が渦巻いている。何度も深呼吸をして、すべて吐き出してしまいたかった。このままでは、ふとしたきっかけで、誰かに当たり散らしてしまいそうだ。もちろん、相手がいればだが。

きっと、話し相手がいないことも、こんなに鬱屈した気持ちの原因なのだ。

ひとしきり体に朝の空気を取り込むと、私はマスクのゴムを耳にかけた。

目の前に、ゆったりと荒川が横たわっている。

堤防から眺める限り、まったく流れは感じられず、ただ水面が青空を映しているだけである。それでも、海を目指して確実に前へと進んでいる。

方向の定まった川の流れすら、今の私には羨ましくて仕方がなかった。

やるべきことがないとは、こんなにも心を空虚にするものなのだ。

ふと、実家に帰りたいなと思った。しかし、慌てて首を振る。

感染症を広げないため、行動が制限されていること以外にも、今さら仕事がないからと実家に帰ることはできない。

山形で生まれ育ち、地元の大学を出ていながら、突然、故郷を飛び出して東京で就職したことを、両親は今もけっして納得してくれてはいないと分かっている。

その上、私は一人っ子である。どれだけ、わがままで親不孝な娘なのか。

両親は都会に出た娘をそれなりに応援してくれたけれど、後ろめたい思いはずっと私に付きまとっていて、仕事に関して、絶対に泣き言を言わないと決めていた。

上京してから、頑張ってきたという自負はある。

忙しい店で走り回り、会社に貢献したという思いもある。

とにかく、早く仕事がしたくてたまらない。今の私にとって、マルコこそが唯一の居場所なのだ。就職、結婚、離婚、東京に来ていろいろな経験をしたが、私には常にマルコがあった。休業なんてしている場合ではない。

「いったい、何なのよ。ちょっと前まで、みんなあれだけ、マルコのピザが食べたいって行列を作っていたというのに！」

芝生に覆われた堤防のスレスレまで行って、大声で叫んでみると案外スッキリした。広々とした河川敷もいいものだ。

とりあえず、アパートに帰って熱いミルクティーでも淹れよう。振り向いて、舗装された通路に戻ろうとしてぎょっとした。周りを見れば、いつの間にか人が集まってきている。叫び声を聞かれたかもしれないと思うと、かあっと耳まで熱くなった。慌ててスマートフォンで時間を確認し、「しまった」と思った。

荒川の堤防が良い散歩コースだと教えてくれたのは、同じアパートに住む大下さんである。私と同じバツイチで、大学生の娘さんと二人で暮らしている。彼女もパート先の小料理屋が休みになってしまい、運動不足を解消するため、毎日、散歩を続けているという話を聞いたのは、数日前、たまたま集合ポストの前で顔を合わせた時だった。ただし、混雑を避けたいなら、早朝か夜がいいと大下さんは強調した。

それもそのはずで、学校も休校、公園も図書館も封鎖、会社もリモートワークとなれば、それこそ近隣の住民はスーパーくらいしか行く場所がない。そのスーパーさえ、極力一人で来店しろと言っているのだから、狭い東京のさらに狭い住宅街にひしめき合って暮らす私たちは、どこか息をつける場所はないかと必死に探しているのだった。広い河川敷はまさに絶好の場所で、かえって「密」になるという矛盾を起こしているのだ。子供たちの歓声を背後に聞きながら、私は逃げるように堤防から住宅街へ下りる階段を目指した。仕事がしたいと言いながら、人ごみを避けて、逃げ帰る自分を滑稽に思ったが、とても笑えなかった。

階段を下っている時にスマートフォンが震え、画面も見ずに耳に当てた。

てっきり皆見からだと思ったのだが、聞こえてきたのは泣き出しそうな女性の声だった。こんな電話をしてくる相手は一人しかいない。

「穂波さん、どうしたんですか」

穂波さんは、私と皆見よりも三年ほど先輩のキッチンスタッフだった。五年ほど前に退職し、今は井の頭公園の近くでカフェを営んでいる。行動力のある彼女は、現役時代からずっと私の憧れでもあった。

『どうしたも、こうしたもないよ。大変な世の中になっちゃったよね。お店はサッパリだし、毎日気が気でなくて、六花はどうしているかなって思ったの』

「こっちもサッパリですよ。新宿店も休業中で、私はずっと家にいます」

『マルコはテナント店ばっかりだから、厳しいだろうね』

「営業しているのはピッツェリアだけです。それよりも、穂波さんのお店は？　ウチよりもよっぽど厳しいんじゃないですか」

念願のカフェをオープンして以来、ことあるごとに大変だと聞かされてきた。でも、彼女のあっけらかんとした口調からは、いつもさほど深刻さは感じられなかった。

新宿店で一緒に働いていた時もそうだった気がする。

どんなに忙しくても、穂波さんはニコニコしながら平然とこなし、けっして焦りを感じさせない泰然とした態度で、いつも私たちの緊張を解きほぐしてくれていた。

しかし、今回ばかりは穂波さんも低く唸(うな)った。

『正直に言って、どうしたらいいのか分からない。お店を開けないことにはお客さんも来ないし、売上もない。でも、肝心のお客さんが街を歩いていない。おまけに、こんな時に店を開けて、どうぞ一杯やってくださいなんて、のん気に言っていいのかな。それも分からない』

分からないを連発する穂波さんに、その通りだと大きな共感を覚える。とにかく、これまでにない状況だ。今の私も「分からない」の連続だった。

『でもさ、店を続けるためには、売上が必要なんだよ。いくら私一人とはいえ、オープンする時に借金もしちゃったし、家賃も容赦ないしね。会社みたいに、貯(たくわ)えや信用があるわけじゃないから、もう大変』

返す言葉がなかった。私には、開業するためにどれほどの資金や許可、手続きが必要なのかも分からない。だからこそ、何もかも一人でやっている穂波さんを尊敬しているのだ。

「穂波さんは、今、お店にいるんですか」

『いるよ。仕込みしている。虚しい仕込み。けっきょく、後で自分が食べるって分かっている。でも、しないわけにはいかないでしょ』

笑いを含んでいるが、どこか投げやりな口調だった。

「私、行ってもいいですか」

深い考えなどない。反射的に出た言葉だった。ただ、穂波さんの料理を無駄にしたくないと思ったのだ。ちゃんと「美味しい」と言ってあげたかった。

『ええっ、いいよ。というより、ダメでしょう。六花のところから吉祥寺は遠いし』

「でも、お客さんだって外に出なくては、お店に行けないんです。何のために穂波さんは店を開けているんですか。気をつけて行きます。皆見だって、今日も広尾店のヘルプに行っているんです。実は、私も荒川の土手にいます」

穂波さんが吹き出した。

『なにそれ。皆見も、六花もダメじゃない』

「皆見は仕方ありません。マルコだって、営業できる店は頑張ってもらわないと。ただ、ヘルプにも呼ばれないパートの私は、土手くらいしか行き場がありません」

『待ってるから、おいで』

穂波さんは笑いながら言ってくれた。

きっと、穂波さんも悶々としていたのではないだろうか。彼女も私も一人暮らしだ。

お互いに話し相手を求めていたのだと思う。これまで、一人ほど気楽なことはないと羽を伸ばしてきたが、窮地に立たされれば、どうしても心細くなる。

人が集まり始めた河川敷とは対照的にひっそりとした住宅街を抜け、アパートに帰った。

静かに階段を上がり、そっと鍵を差し込む。古いアパートの住人は、大下さんのように気さくな人よりも気難しそうな高齢者が多く、私に出くわすたびに嫌そうにさっと身を隠す。これまで私が毎日仕事に出かけていたことは知っているはずだから、きっと警戒しているのだと思う。今は他人に向ける視線が厳しく、世の中に猜疑心(さいぎしん)が溢れている。私もあまり人と顔を合わせたいとは思わない。

部屋に入ると、春物のワンピースに着替えた。先行セールで買っておいたものの、感染症が流行(はや)り始めて出かける予定もないまま、袖を通すのは今日が初めてだった。

顔を洗い直し、久しぶりにメイクをした。ファンデーションのノリがいいことに驚き、まじまじと鏡を見ると、いつも居座っていた目の下のクマが消えていた。このところ、睡眠時間だけはたっぷりある。

新しい服を着たおかげで、気分はいくぶん華やいだが、ふと、この状況が続けば、ほしいものを買う余裕すらなくなるのではないかと恐ろしくなった。生活だって、どうなるか分からない。どんなに偉そうなことを言ってみても、けっきょくはお金のために働いていたのだ。それも、パートとして。

仕事から離れてみると、今まで目を逸らしてきた様々な問題が、自然と目の前に浮かび上がってきた。せっかく穂波さんに会うのだから、嫌なことを考えるのはよそうと軽く頭を振る。「行ってきます」と、わざと明るく言って家を出た。


吉祥寺駅で中央線を降り、穂波さんのカフェに向かいながら、開いていた青果店で苺を一パック買った。いつもなら新宿あたりで手土産を調達するのだが、今は気の利いたものを買えそうなお店はどこも休業している。ただ、手ぶらで行くのも申し訳ない気がした。

穂波さんの店は、駅からわりと遠い。

もともと吉祥寺はカフェの激戦区だ。だからこそ、需要があると踏んで、井の頭公園に近い住宅街の片隅に出店を決めたという。もともと三鷹のアパートに住んでいたから、この辺りが好きというのも大きな理由だと思う。

私がマルコ新宿店に異動した時、穂波さんは主にピザ場の担当をしていた。

小柄な穂波さんが、力いっぱいピザ生地を広げる様子があまりにも印象的で、私は、粉が飛び散らないように設置された透明な壁越しに、暇さえあれば穂波さんを眺めていた。

手際よくピザを仕上げる穂波さんの手つきは鮮やかで、いつまで見ていても飽きなかった。トッピングを終えた生地を、船のオールのようなパドルでさっとすくい、素早く窯に入れる。四百度を超える薪窯では、ピザは二分とかからず焼き上がるから、穂波さんは次の生地を伸ばしながら、これまた素早く焼けたピザを取り出すのだ。

じっと見つめる私に気づき、呆(あき)れたような、恥ずかしそうな顔で笑う穂波さんに微笑み返すうち、私たちはいつの間にか仲が良くなっていた。

穂波さんのカフェへの道は、すっかり体に染みついていた。

オープンの時は手伝いに通ったし、私と夫だった人を招いて、結婚を盛大に祝ってくれたこともあった。あの頃の私は高円寺(こうえんじ)に住んでいたから、たびたび通うお気に入りの店だったのだ。

皆見が結婚した時も、穂波さんのカフェで祝った。私も皆見も姉御肌の穂波さんに懐いていて、彼女もまたかわいがってくれた。同僚だった時は、しょっちゅう三人で飲み歩いた。

懐かしい思い出に浸りながら、ひたすら住宅街を歩き続けた。途中、ほとんど住人を見かけることもなく、手にぶら下げた苺のビニール袋が、歩調に合わせてガサガサと鳴った。

穂波さんのカフェの横は小さな児童公園で、大きく茂ったイチョウの木が見えてくると、もうすぐだなと毎回ホッとする。

公園の横にさしかかって、目を見張った。

まばらな遊具には黄色いテープが張られていて、遊んでいる子供は一人もいない。ここまで徹底されているとは驚いた。いったい、子供はどこで遊べばいいのだろう。

案の定、公園の木陰から見えた穂波さんのカフェのテラス席にも人影はなかった。

ここまでたいして人を見かけなかったのだから予想はしていたが、無人のウッドデッキに木漏れ日が揺れているのを見ると、なんとも残念な気持ちになった。暑くもなく、寒くもなく、今が一番いい季節ではないか。

テラスの横を通り過ぎ、ふと店内を覗(のぞ)いてぎょっとした。

大きく開け放たれたガラス戸の向こうがあまりにも暗い。もちろんお客さんは一人もおらず、思わず玄関扉に駆け寄って、「ｏｐｅｎ」のプレートを確認してしまった。

大丈夫、ちゃんと営業中だ。そもそも、私が訪れることは穂波さんも知っている。

落ち着かない心臓を宥めながら、木製の扉を押し開くと、カランとドアベルが鳴る。

いつもなら、すぐに甘酸っぱいトマトソースや、香ばしいコーヒーの香りが漂ってくるのに、今日は何の香りもない。おまけに、どこかひやりとしている。

そこから先へ足が進まず、私は入口に立ち尽くしたまま、無人の店内を眺めた。

お客さんは、店から溢れ出る「楽しそうな雰囲気」に引き込まれる。

しかし、ここには、明るい照明も、「いらっしゃいませ」と迎える声も、キッチンからの美味しそうな香りも、何ひとつ存在しなかった。

お客さんがいなければ、ガスもオーブンも火の気がなく、よけいにひっそりとして居心地が悪い。これではお店が死んでいる。

ショックを受けながら、入口で穂波さんを待つ。しばらくして、ようやく店の奥に姿が見えた時は、心から安堵して「穂波さん〜」と思わず声を出してしまった。

「ごめん、ごめん。ちょうど裏口からゴミ出しに行っていたの。タイミング悪かったね」

「ホントですよ」

そこで、あらためて穂波さんは「六花、いらっしゃい」と目を細めた。

テラスの横のテーブル席に案内されながら、私はつい言ってしまった。

「見事にお客さんがいないですね」

「今日は六花が初めて。もうランチタイムなのにねぇ」

「照明、もう少し明るいほうがいいんじゃないですか。これじゃ、営業しているのかも分からないし、ちょっと入りにくいです」

穂波さんは振り返って店内を眺め、「そうだよねぇ」と呟いた。

「でもさ、煌々と明かりをつけていても、売上がなければ電気代がムダになるだけでしょう？　一人で白々とした店内を眺めていると、虚しくなってくるんだよね」

「それにしたって、お客さんを迎える雰囲気にまったくなっていません。私たち、マルコでくどいくらい、社長から聞かされたじゃないですか。店から漂う雰囲気が大事だって。生き生きと働くスタッフ、楽しそうなお客様の表情、それが何よりの看板だって」

「マルコとここは全然違うよ。最近では、一日に二、三組だよ？」

むっとしたように言い返した穂波さんは、すぐに私から目を逸らしてうつむいた。

「……それだけしか来てくれないお客さんの相手をして、長い時間を持て余す私の気持ちなんて、絶対に六花には分からないよ」

傷ついた声に、何も言えなくなってしまう。

私になど言われなくても、穂波さんだってよく分かっているのだ。分かっていながら、それができない。痛いほどの歯がゆさを感じ、私は素直に謝った。

私が、居場所のない寂しさを慰めてほしくてここに来たように、穂波さんもまた、どうすることもできない現状を私に見せ、励ましてほしかったのだと気づく。

「私もごめん。最近はすぐにイライラしちゃうの。こんなことになって、私、何か悪いことでもしたのかなぁって」

穂波さんはバツが悪そうに微笑んだ。

「きっと、みんなそう思っています。目に見えないウイルスを責めたって、どうしようもありませんしね」

「マルコ新宿店って、ものすごく忙しい店だったじゃない？　私たち、あれに慣れちゃっているから、お客さんがいない状況が、よけいにこたえるんだよねぇ」

穂波さんがため息をついたのが、マスク越しでもよく分かった。

近くで穂波さんの顔を見て悲しくなる。マスクからのぞく肌がガサガサに荒れていた。不安やストレスで、夜もろくに眠れないのかもしれない。私とは正反対だ。

「穂波さん、私、美味しいものが食べたいです。久しぶりの穂波さんのお料理、楽しみだったんです。お願いできますか」

「せっかく来てくれたんだもの。もちろんだよ。じゃあ、まずは飲み物だね」

少し迷ったが、私は思い切って言った。

「スプマンテ。ボトルで」

「そうこなくっちゃ！」

穂波さんが明るく応じる。仕事のない今、正直を言うと、お金を使うことが怖い。でも、ここで使わなくてどうするんだという思いのほうが勝ってしまった。これまで穂波さんにはお世話になってきたのだ。しかし、やっぱりちょっと不安になって、キッチンへ向かう穂波さんの背中に呼び掛けた。

「申し訳ないんですけど、お手頃なボトルでお願いします」

穂波さんは振り返って親指を立ててみせた。

穂波さんのカフェは、お酒もお茶も楽しめる、イタリアンのテイストをふんだんに盛り込んだお店である。そこには、マルコでの経験が多分に活かされている。パスタやオーブンで焼くピザ、多彩なアンティパストは、お酒にも合うし、デリとしても人気がある。

コーヒーマシンも本格的なものを設置して、濃いカフェやエスプレッソにも合う、濃厚な甘さのお菓子類も好評だった。

しかし、それも来てくれるお客さんがあればこそだ。

この状況でも、店に足を運びたくなるようにするには、どうしたらいいのだろう。

私は誰もいない店内を眺めながら考えた。

すぐに穂波さんが戻ってきて、手際よくスプマンテの栓を開ける。私の好きなプロセッコだった。テーブルに置いた細長いグラスに淡い黄色の液体が静かに注がれていく。湧き上がっては弾ける繊細な気泡を見つめ、私はうっとりと呟いた。

「何だか、この瞬間が一番ワクワクしますよね」

ボトルをワインクーラーに入れながら、穂波さんも頷いた。

「そうそう。これから何だかすごい『お楽しみ』が待ち構えている気がして、心が弾むよね。昔はよく一緒にレストランを食べ歩いたね。お食事に行くのって、やっぱりひとつのイベントだと思う。ただ美味しいっていうだけじゃなくて、いろんな感動を味わえるんだもん」

「マルコでもそんなふうに教えられましたよね。私たちは感動を与えるんだって。そのために、自分たちもレストランに行って、お客様の気持ちを味わって来いって。レストランなんて、最近は全然行っていませんけど」

「私もだよ。時間もお財布も余裕なかったし」

「あの頃は気楽でしたからね」

私と穂波さんは、顔を見合わせて少し笑った。

ほんの五、六年前のことだ。私たちはマルコの社員で、自分のことだけを考えていればよかった。今では穂波さんはカフェの経営者となり、私は結婚と離婚を経験して、たぶん、ずっとシビアに現実社会を見つめている。その上、新型コロナウイルスという感染症にまで襲われているのだ。

「私も飲んじゃおうかな」

穂波さんは、誰もいない店内に目を向けると、ちょっぴり投げやりに言った。

「いいんですか?」

「うん。ちょっとだけ。飲まなきゃ、やっていられないよ。でも、もしかしたら、お客さんが来てくれるかもしれないから、ちょっとだけ。ね? いいでしょう」

飲みたい気持ちはよく分かる。けれど、万が一に備える穂波さんが何だかかわいくて、

「じゃあ、ちょっとですよ」と、グラスの三分の一ほど、スプマンテを注ぐ。

「あの頃の私たちに乾杯」

「今も頑張っている私たちに乾杯」

穂波さんは立ったまま、マスクをずらしてぐいっとグラスを傾けた。潔い飲みっぷりに笑いをこらえながら、私もマスクをはずし、一口、ごくんと飲み込む。よく冷えたスプマンテが、さわやかな香りと一緒に喉を流れ落ちる。その瞬間、穂波さんと訪れた数々のレストランの記憶がよみがえった。

私たちはいつも上機嫌で、帰り道では必ず「絶対にまた来よう」と約束し合った。

そして、最後にはどちらからともなく言うのだ。「じゃあ、明日もまた頑張るか！」と。

「穂波さん、この騒動が落ち着いたら、久しぶりに行きませんか？　レストラン」

「行く！」

穂波さんは迷うそぶりも見せず即答した。

「やっぱり今は頑張るしかないか！」

「私たちが前に行ったレストランだって、今は苦境に立たされているかもしれません。でも、きっと耐え忍んでいるはずです。また、お客様を迎える日のために」

穂波さんは頷いた。

「うん。なんだか、今すぐレストランに行きたい気分。人間ってさ、過去の楽しい経験を忘れないものなんだね。ずっと記憶に染みついている。苦しくなった時にふっと思い出して、またあの喜びを味わいたいって、励みにするのかもしれない」

「だから、しぶといのかもしれません。簡単にへこたれないようにできているんです」

「私たちは、単に食い意地が張っているだけかもしれないけど？」

顔を見合わせて笑う。思いっきり笑ったのは久しぶりだった。

穂波さんはエプロンの紐をきゅっと結び直した。

「ひとつ楽しみができたから頑張るしかない。とはいえ、この状況でどう頑張れるか、まずは考えないといけないけどね。そうしないと、六花とレストランにも行けないよ」

「私もです。仕事がなければ、なかなか贅沢もできませんもん」

私たちは顔を見合わせて苦笑する。

そこで、穂波さんはふと思い出したように、エプロンのポケットからスマートフォンを引っ張り出した。

「そうそう、お店のＳＮＳに、時々メッセージが来るんだよ。店やっていますかって。これって、単に営業しているかどうかの確認なのかな？　ほら、最近さ、営業しているお店に嫌がらせをするなんて、ニュースでもやっていたから、ちょっと怖くなっちゃって。それで、ますますナーバスになっていたんだよね」

「嫌な張り紙を貼られたりとか、怖い目に遭ったりしたことは？」

　私は心配になって訊ねた。女性一人で切り盛りしているのだから、たとえいたずらだとしても、ちょっとしたことに臆病になるのも理解できる。おまけに、テラス席側は全面が大きなガラス戸になっていて、防犯的にも少し不安を感じてしまう。

「特に何もない。考えすぎかなぁ。本当に営業しているか知りたいだけなのかもね。今は休業しているお店も多いし、営業時間だって不規則だから。私も、もっとマメに情報更新したほうがよかったかな」

　穂波さんが見せてくれた画面を覗くと、確かにどうとでも解釈できる「営業していますか」と訊ねる一文のみだった。おまけに、カフェからの情報発信はずいぶん前から更新されていない。

「さすがに、これは穂波さんの怠慢ですね。これって、穂波さんの店に行きたいって思っているお客さんがいるかもしれないってことじゃないですか」

「そっか、そうだよね。気力を失くしていたけど、今はこれこそが、お客さんとつながる唯一の方法かもしれないもんね」

　さしてコメントを気にした様子もない穂波さんに、私もほっとした。

　ほっとしたら、スプマンテに刺激されたお腹がぐうと音を立てた。今日だけは特別だと覚悟を決める。

「お腹が空いたので、クロスティーニと、バーニャカウダをお願いします」

「ああ、ごめん、ごめん。そうだった」

穂波さんがいそいそと店の奥に向かう。パッとキッチンに明かりが灯る。やっとお店が動き始めたことに、私は大きな安堵を覚えた。

もう一口、スプマンテを口に含み、目を閉じた。キッチンからの音に耳を澄ませる。それは、お店の息遣いだ。私は一人で食事に出かけた時、こうして自分が注文した料理が仕上がるのを想像するのが好きだった。

クロスティーニとは、イタリア語で「小さなトースト」という意味である。薄くスライスし、トーストしたバゲットに具材をのせたもので、おもに前菜としてメニューに載っている料理だ。

まずはバゲットを薄くカットして、軽く焼く。ほら、かすかに香ばしい香りが漂ってきた。具材は何だろうか。穂波さんのレバーパテは最高だし、常に仕込んでいるマリネは、毎回のお楽しみだ。今日はどんなクロスティーニが出てくるかと心が躍る。

心を躍らせているうちに、今度は固いものをカットする音が聞こえてくる。きっとバーニャカウダの野菜だ。そのうちに、ガーリックとアンチョビの食欲をそそる香りも漂ってくるはず。

音と香り、それもまた、飲食店にとっては欠かせないものだ。ますます私のお腹はぐうぐう鳴った。時折グラスを傾けながら、私はお料理を待つ幸せなひと時に身をゆだねた。

しばらくして、テーブルにお皿が置かれる音で我に返る。

「お待たせしました」

白い大皿に盛られた五種類のクロスティーニに、思わず歓声を上げた。

定番の鶏レバーのパテ、パプリカのマリネ、黒オリーブのタプナードの上では、ピンクペッパーが彩りを添えている。キノコのマリネに、ルッコラとプロシュートは、緑と桃色で見た目も鮮やかだ。どれも美味しそうで、目移りしてしまう。

「お酒が進んじゃうじゃないですか」

「六花好みでしょう。こういうのって、仕込んでおけば、数日もつしね」

穂波さんは楽しそうにキッチンに戻っていく。

私は少しずつカリカリのパンをかじった。食べてしまうのがもったいない。

やっぱり穂波さんの味は美味しい。ちょっと濃くて、スパイスとハーブが効いている。レバーパテなんて、瓶に入れて買って帰りたいくらいだ。タプナードだって、小さなクロスティーニではなく、もっとたっぷりと大きなパンにはさんで食べたいと思ってしまう。

　ゆっくり食べようと思ったはずなのに、私は夢中になって手を伸ばし、思い出したようにスプマンテを飲んだ。さっきよりも複雑な美味しさがぼわっと膨らんで鼻に抜け、最後にはすっきりとした後味が残った。

　満ち足りた思いで、ぼんやり呆けていると、穂波さんがバーニャカウダを運んできた。

「やだ、もう食べちゃったの？」

「はい。何だか、もう夢中で」

　飢えていたんだね、と穂波さんが笑い、そうかもしれないと納得した。

　空腹のためではない。お店の味、人との会話と笑い。マルコが休業してわずか一週間で、私は心も体も、すっかり干からびてしまっていたらしい。

「ちゃんと、野菜も摂るんだよ」

　穂波さんは微笑んでキッチンに戻っていく。店内には、ガーリックとアンチョビの香りが溢れていた。アロマポットのような器の下では固形の燃料が燃えていて、上ではソースがふつふつと温められている。

　大皿には、これでもかというくらい色とりどりの野菜が盛られていた。アスパラガス、ソラマメ、スナップエンドウ、ラディッシュ、ジャガイモ、パプリカ。

　スナップエンドウを指でつまんで熱々のソースをたっぷりつける。わずかに辛みを感じるほど、ガーリックが効いている。いつまでも食べ続けられる気がした。

私は今度も、目の前のバーニャカウダに没頭する。

そうだ、最後はパンをもらって、余すところなくこのソースを味わいつくそう。

ピザも食べたかったけど、今日はもうこれで十分だ。

ふと顔を上げると、テラス席の向こうから若いカップルがこちらを見ていた。

私はわざと見せつけるようにジャガイモを頬張り、スプマンテをごくごくと飲んだ。

しばらくして、カランとドアベルが鳴った。

「いらっしゃいませ」と穂波さんの明るい声が上がる。

きっと、さっきのカップルが入ってきたのだ。

私は嬉しくなって、ワインクーラーからスプマンテのボトルを取り、手酌でグラスを満たした。

開け放ったテラスのガラス戸からは、食欲をそそるガーリックの香りが、真ん前の道にまで漂っていたのだろう。やっぱりマルコの教えは正しい。外から眺めるお客様は、店内からの香りや、美味しそうに食事をする人々の表情に何よりも惹きつけられる。

いや、それだけではないかもしれない。

緊急事態宣言下の現在、外で食事をすることに誰もが後ろめたさを感じている。だからこそ、「自分たちだけではない」ことに安心感を覚えるのだ。

大量の野菜を片付け、最後はパンをもらって、ソースまできれいにたいらげた。

スプマンテも飲み切った私は、チョコレートケーキとコーヒーを頼み、ゆっくりと穂波さんのカフェで時間を過ごした。

その後、二組ほどお客さんが来店した。中年の夫婦と、私と同世代の男性だった。私は彼らの食事風景を観察した。

緊急事態宣言が出てから、私自身、飲食店を訪れたのは初めてだったし、外で食事をする人がどういう様子なのか気になったのだ。

でも、いつもとなんら変わらない気がした。たまたま、彼らが夫婦やカップルだったからかもしれないが、お料理が運ばれると、マスクをとってバッグやポケットにしまう。そのままお連れ様と会話を交わし、食事が終わると思い出したようにマスクを着け、席を立つ。ガラガラの店だからか、そう神経質になっている様子もない。

私はちょっと気が抜け、大いにほっとした。

家に閉じこもってテレビばかり見ていると、やたらと未知の感染症を恐れる空気が伝わってくるが、こうして外に出てみれば、まるで別の世界のことのようだ。実際、周りには感染した知人もおらず、きっとこのお客さんたちにとってもそうなのだと思う。

もちろん、警戒するのを悪いこととは思わない。けれど、どこか情報に踊らされ、何もかもを「こうあるべきだ」と決めつけられている気がする。

ほかのお客さんたちは、食事を済ませると長居はせずに席を立ち、けっきょく、また私だけになった。

　何となく釈然としないものが残っていた。たぶん、「こうあるべきだ」に従うことを重要だと思いながら、それを否定したい気持ちがあるからだ。

　テーブルの片付けを終えると、穂波さんは二人分のコーヒーを淹れて、私のテーブルにやって来た。今ではすっかり生き生きとしていた。

「すごいよ。六花。こんなにお客様が来てくれたのは久しぶり」

「よかったです。私もアピールした甲斐がありました」

「やっぱりね。やけにモリモリ食べていると思った」

　穂波さんの笑顔を見て、釈然としない気持ちを無理やり呑み込んだ。

　私を含めて、わずか六名である。テラス以外ではテーブルが六卓のこのカフェに、普段、どれほどのお客さんがいるのか知らないが、穂波さんが喜んでいるのなら、十分なのかもしれない。

　しかし、満面の笑みを浮かべていた穂波さんは、次の瞬間にはうつむいた。

「……お客さんが来てくれたのは、嬉しいし、ありがたいと思う。でも、これじゃ全然足りないのが事実。六花が毎日来てくれるわけじゃないし、どうしたらいいんだろうね」

　穂波さんは大きなため息をついた。

「休業するつもりはないんですか？」

大きく収入が減少した個人事業主に対する給付金についても、テレビで聞いた気がする。穂波さんのことだから、そのあたりはきっちりと調べているはずだ。

穂波さんはテーブルの上に両肘をつく。コーヒーカップから立ち上る湯気を見つめるように、空中を見据えて答えた。

「どうするのが正解なんだろうねぇ。でも、店を閉めたら、よけい不安になりそうな気がする。ほら、店って、自分の一部のようなものだし。独立してからますますそう思うんだよね」

「分かります。それに、ずっと家にいるのも怖いんです。自分だけが取り残されているような気がして。だから、私も早く働きたいんです」

働きたい。しかし、お客様が来てくれなくては、働けない。マルコの再開が待ち遠しくてたまらないけれど、人通りのない街を想像すると恐ろしくなる。

「どうにか売上をカバーできる方法を探さないとね」

それから、私たちは今の東京の状況について語り合った。

飲食店はどこも苦境に立たされている。しかし、スーパーだけは日々大混雑で、ソースのバリエーションがあるパスタやインスタント麺、冷凍やレトルトの食品がこれまでよりもずっと売上を伸ばしているという。日々アパートにこもり、ついテレビをつけっぱなしにしてしまう私の頭には、情報だけは溢れていた。

「そりゃ、そうなるよ。家族が家にいたら、朝昼晩、食事の支度をしなくちゃいけないもの。ちょっとは手を抜かないと、お母さんだって疲れちゃう」

「そこですよ。日に三度、私たちが食事をするという事実は、世の中がどうなろうと変わらないんです。家事をする人には負担になるし、何より、家庭の味に飽きる。だから、レトルトや冷凍の食品が売れるんです」

「お店の味、食べたくなるよね」

「デリバリーを利用している人も多いみたいです。外に出なくて済みますし。でも、頻度はどうであれ、けっきょく多くの人が外出自粛と言われながらも、スーパーには出かけているんです。食料の確保はけっして不要の外出ではありません」

「それなら、ちょこっとお店に寄って、ささっと食べても変わらないじゃない。テイクアウトっていう方法もあるけど」

私たちは唸った。ならば、なぜお店に来てくれないのか。

やっぱり、さっき感じた通りなのだ。

新型コロナウイルスという新しい病気がよく分からないから恐れている。

同調圧力の気配が世の中にずしりと広がっていて、何となく、「しないほうがいい」と思われることに手が出しにくい。

外でマスクをはずすことが怖いのか。家族以外の者と、その状態で同じ空間にいることが怖いのか。まずは、そこをクリアすることが必要なのかもしれない。

「穂波さんのカフェなら安心だ、って思ってもらうことが、きっと大事なんです。ここは、テラス席もあって、窓も開放できるから、換気は問題ないと思います。スーパーも、コンビニも、今はレジ前にビニールのシートをぶら下げているじゃないですか。感染対策をしっかりしていますってお客さんに伝われば、足を運びやすくなるのかも」

「無粋だなぁ。お店の雰囲気が悪くなる。もともとテーブル数は少ないんだから、同じ時間帯には二組しかお客さんを入れない、とかのほうが……」

穂波さんは口にしてから、それではけっきょく、たいした売上のプラスにならないことに気づいたようだ。今の状況では、はっきりと目に見える方法のほうが、お客さんにも伝わりやすい。

行き詰まるたびに穂波さんはコーヒーを淹れ直してきて、私はいつの間にかテーブルに置かれていたビスコッティをボリボリとかじっていた。

「テイクアウトもちゃんと考えたほうがいいね。これまではほとんど想定していなかったんだよ。たまにピザを持ち帰りたいっていうお客さんがいるから、箱だけは用意していたけどね。ピザ以外ならパッケージも考えなきゃ。それにさ、テイクアウトとなると、ちょっと違うんだよ。パスタはどうしても伸びちゃうし、出来立てを食べてもらうのとは全然違うでしょう？　がっかりさせたくないじゃない？」

新しいことを始めようとしているのだ。すんなりと簡単にいくはずがない。でも、それができなくては、「今」を乗り越えられるとは思えなかった。

ビスコッティをかじるのに顎が疲れ、コーヒーに浸す。ほどよくコーヒーの染みた部分をかじると、口の中でほろっと崩れた。ゆっくり味わいながら、ぼんやりと今日食べた穂波さんの料理を思い浮かべた。

久しぶりに食べたお店の味は、どれも美味しかった。本当に美味しくて、私のお腹はいっぱいだった。行き詰まるたびに穂波さんが淹れるコーヒーのせいもあるけれど。

「さっき、クロスティーニを食べていて思ったんですけど、ああいう感じでサンドイッチ風にしてみても、案外いけるかも」

「絶対に美味しいよ。フォカッチャなら店で焼ける！」

「美味しそう！　タプナードがしみ込んだフォカッチャなんて最高ですね。穂波さんのカフェっぽいし、パンならテイクアウトもやりやすいですよ。私、焼きたての熱々のフォカッチャで作ってほしいです」

美味しそうな話になると、私たちはがぜん盛り上がった。ふだん、店にあるもののアレンジということもあり、穂波さんからはどんどんアイディアが出てくる。

「新名物、できちゃうかも」

「レバーパテだって、家ではまず作らないじゃないですか。私だったら買いたいです」

「じゃあ、買ってよ」

穂波さんが笑う。

「じゃあ、買って帰ります。本気ですよ？」

穂波さんはさらに盛大に笑った。

私たちはフォカッチャや、ほかのメニューについてもアイディアを出し合った。どうせなら、オシャレな紙で包もうと、店舗用品のカタログを覗き込みながら、盛り上がった。それから、二人でキッチンに入り、さっそく試作品を作った。作るそばから試食をし、私のお腹はさらにいっぱいになった。楽しかった。夜になってもお客さんは来てくれなかったけれど、穂波さんにさして気にした様子は見えなかった。

気がつけば、すっかり遅い時間になっていた。マルコで働いていれば、まだ店にいる時間だったけれど、休業になってからというもの、ずいぶん夜が長く感じられる。

「泊まっていけば？」

キッチンを片付けながら穂波さんが言う。穂波さんのアパートには、何度も泊まったことがある。

「……それは、さすがにダメだと思います」

「そっか。うん、やっぱりそうだよね」

穂波さんがふわっと笑ったので、ほっとした。二人とも分かっている。

お互いを疑っているわけではないけれど、万が一、感染があってはいけない。穂波さんにはカフェがあるし、一人暮らしで病気になるのはしんどい。何よりも世間体が気にかかる。やっぱり、「こうあるべきだ」に従うのが一番だった。

本当は、もっともっと話したかった。仕事のことだけでなく、くだらない話で盛り上がって、たくさん笑いたかった。穂波さんとなら、朝までだって話していられる。

「しばらく、おあずけですね」

「うん。でも、六花が来てくれた。お店の話ばっかりだけど、たくさん話せて嬉しかったよ。それだけで、気持ちがずっと楽になった」

「私もです。来てよかった」

間違いなかった。誰かと会うこと。話を聞いてもらえる相手がいること。人と接することで、やっと自分という存在を感じられたように思う。家に一人で閉じこもっている時は、あんなにふわふわと頼りなく感じた自分なのに。きっと、私はマルコで働いている時、無意識にそうやって自分を肯定していたのだ。

急に、お客様に会いたくなった。

すっかり顔見知りになった方々は、今はどうしているのだろうか。

「穂波さん、私、何だか、やる気が出てきました」

「私もだよ」

けっきょく別れがたくて、カフェを閉店した穂波さんと一緒に駅まで歩いた。穂波さんは自転車を押しながら、アパートとは逆方向の吉祥寺駅まで送ってくれた。

都心に向かう中央線はガラガラだった。

大きな窓から、暗い夜空に紛れてどこまでも広がる住宅やアパートの明かりをぼんやり眺め、みんな、今はひっそりとそれぞれの場所でなりを潜めているんだなぁと思った。

まさか今の世の中で、こんな事態に陥るなんて、誰が想像しただろうか。

自由に人に会えない。やりたいことができない。

それは、何も私の携わる飲食店だけのことではない。

ふと、故郷の両親の顔が浮かんだ。めったに帰省などしなかったくせに、会えないと思うと、急に気になるから不思議だ。東京と地方では状況が違うが、同じ困難の時にあることは間違いない。たまには電話をしてみようかな、と思った。

なぜか夫だった人の顔も頭をよぎる。かつて、よく一緒にこの電車に揺られていたからだろうか。

今では、まったくやりとりがない。思い出したとたん、どうしているかと少しだけ気になったけれど、元気にしているならそれでいいと思った。

ただ、あの頃は、穂波さんのカフェからの帰り道、いつも隣にはあの人がいた。

二人で「美味しかったね」と振り返る料理の話は、私たちにとって、すでに次回のメニューを相談しているようなものだった。それを思い出すと、ほろ苦いような、温かいような、何だか不思議な気持ちで胸がいっぱいになった。

第二章　第二の波

『月末、店に来られるか』

久しぶりに聞く皆見の声は、どこか弾んでいた。

休業がひと月以上も続いた、五月末のことである。

「もちろん。いよいよお店を開けるの？」

『六月一日から、駅ビルの営業再開が正式に発表された』

スマートフォンを握りしめ、思わず「やったぁ！」と叫んだ。

ずっと連絡を待っていたのだ。私の声も弾んだ。

緊急事態宣言は五月二十五日にようやく解除されたものの、なぜか店はすぐに営業再開とならなかった。初めての事態に、世の中も戸惑っているようだった。

「ウチもそろそろかなって思っていたの。都内のデパートは、ほとんどが六月から営業再開するってニュースで言っていたから」

『俺が毎日働いているのに、お前は家でのんびりテレビかよ』

「それ、禁句！　こっちだって、好きで家にこもっているわけじゃないよ。時々、穂波さんのカフェに行ったけど……」

『穂波さんの店、どうなっているんだ』

皆見が声を潜めた。後ろが騒がしい。仕事の合間に連絡をくれたのを察し、話題を変える。穂波さんとの話は、皆見にもゆっくり聞いてほしかった。

「会った時に話すよ。皆見こそ、ずっとヘルプだったの？　そもそも、広尾店は忙しかった？」

パート従業員の私には、他店へのヘルプは最後まで回ってこず、けっきょく、二か月近くも休んでいたことになる。貧乏性の私は、どうも日々を無為に過ごしている気がしてたまらなくなり、穂波さんのカフェにもずいぶん通った。なんとなく、「仕事」をしている気分になれたからだ。

『いや、まったく忙しくなかった。広尾店だけでなく中目黒にも、品川にも行かされた。終（しま）いには、有休を消化しろって言われた社員もいる』

外食の需要が減ったのはやはりどこも一緒なのだ。都心に通勤する人が激減したのだから、主に都心に店舗を持つマルコにとっては大打撃である。

長い休みの間に、一度だけ皆見から連絡があった。

いよいよヘルプの話かと思ったがまったく違い、けれど、私の心を大いに軽くするものだった。そもそも、穂波さんのカフェを見ていた私は、ヘルプなんてどこも必要ないということはとっくに分かっていた。

皆見からの連絡は、休業補償が出るという知らせだった。涙が出るほど嬉しくて、油断すればにやけてしまいそうだったけれど、穂波さんにはとても言えなかった。パートとはいえ、組織に属しているだけで、お給料の七割を支給されるなんて、今の穂波さんの前で、絶対に口にしてはいけないと思ったのだ。

もちろん穂波さんも、外出自粛によって四月、五月は大幅な売上の減少となり、給付金を申請するとは聞いていたが、手続きも煩雑、窓口も混み合ってなかなか大変という話で、いつ支給されるのかは、まったく分からないという話だった。

とにかく、長い休みがようやく終わるのだ。スマートフォンを握る手のひらに、ぎゅっと力がこもった。

「ほっとしたよ。仕事をしないと人はダメになる。接客業ってつらいね。目の前にお客さんがいないと、どうにもならない」

私は心の底からの安堵を皆見に伝えた。

駅ビルが営業を再開するといっても、感染症の恐怖を知った人々が、どこまで飲食店に戻ってきてくれるかは分からない。

けれど、働けるというだけで、私はすでに病に打ち勝った気持ちになっていた。

『まぁ、これから忙しくなってくれることを祈るしかないな』

皆見の声にも、割り切ったような、どこか期待を込めるかのような、そんな響きがあった。新宿店の休業期間、路面店で実際にお客様と接し、窮状を見てきた皆見も、自分の気持ちの落としどころを見つけたのかもしれない。

どんなに私たちが張り切っても、お客様に来ていただかなくては何もできない。店の魅力が足りないとか、そういうことではなく、今は世の中の動きが、人々の足を飲食店から遠ざけているのだ。いや、飲食店だけではない。様々な喜びや楽しみから。

「頑張るしかないよ。頑張るっていうか、踏ん張るしか」

『俺たちの店だしな』

「嬉しいこと言うね。私、パートなのに」

『バカ。何年一緒に働いていると思っているんだ』

皆見の言葉が心の奥をくすぐる。古い付き合いっていいなと心から思う。

新宿店は、穂波さんと皆見、私の三人が揃っている時が全盛期だった。あの頃に達成した売上の記録は今も更新されておらず、ほとんど伝説と化している。昨年、大きな人事があり、皆見が社内最年少でマルコ新宿店の店長に昇格したのも、当時の記憶が今も本社の幹部たちにあるからに違いないのだ。

「頑張ろう、皆見」

もう一度繰り返すと、慎重な声が返ってきた。

『ただし、今までと同じようにはいかない。それだけは、覚悟しておけよ』

新しい飲食店の在り方については、穂波さんとも議論を重ねた。店にとってはやりづらいことばかりだったが、お客様に来ていただくためには仕方のないことだと、自分たちを納得させた。だから、もう覚悟はできている。

「分かってるって。まずは、迎えるための準備を整える。それから、底力を見せてやろうよ。だって、新宿店の伝説を作った私たちがいるんだもん。ね？」

わざと明るい声を出すと、スマートフォンの向こうで皆見が笑った。

『やっぱり六花だなぁ』

五月の最終日、私は張り切って最寄り駅のホームに立っていた。

すでに緊急事態宣言が解除されているせいか、電車を待つ人は以前と変わらないくらい多かった。以前は憂鬱だった満員の電車になぜかほっとし、次に「密」な状態に不安になる。これまで何とも思わなかったことが急に気にかかり、世の中だけでなく、自分までも大きく変わってしまった気がした。

およそふた月の間に、まともに会ったのは穂波さんくらいだ。何となく人と接するのが怖いような、煩わしいような思いがある。そこに、ウイルスを持っているかもしれないという猜疑心まで加わり、無数のお客様と接する仕事に戻ることに、ふと、大丈夫かなぁと不安まで生じてしまう。

私は接客に関して、常に心をオープンにしようと心がけてきた。どんな悩みを抱えていても、たとえ二日酔いの時でも、自分の事情はお客様には関係ない。制服を着れば私はいつもの私ではなく、「カジュアルイタリアン・マルコ」の私になる。

もしも、私たちが距離を取れば、お客様だってすぐに気づいて不快な思いをされるに違いない。大丈夫、これまで通りに仕事ができるはずだと自分に言い聞かせる。

そもそも、「カジュアルイタリアン・マルコ」のコンセプトは、イタリアの気取らない食事処(しょくじどころ)であるオステリアだ。きさくに会話ができるスタッフとお客様との距離感は何よりも大切で、そこで提供されるナポリピザをはじめとする、美味しくてお腹がいっぱいになる料理がマルコ一番の魅力なのだから。

新宿駅の改札を抜け、シャッターが下りた駅ビルの入口を眺めながら、地下の従業員通用口に向かう。駅ビル内ショップのスタッフであることを示す従業員証を見せると、「おはようございます。いよいよですね」と顔見知りの守衛さんが目元で微笑んだ。

「また、よろしくお願いします」と、私も微笑み返す。

従業員用のエレベーターで、七階のレストランフロアを目指す。分厚い扉が左右に開き、視界に見慣れた景色が広がったとたん、ふいに目元が熱くなった。

ああ、やっと帰ってきたのだ。

通路も、両側に並ぶ飲食店も、営業開始前の、うっすらとどこか寝ぼけたような明かりに包まれている。毎日、一日の終わりに眺めてきた景色と同じだ。

当たり前のようにここで働いていた日々、閉店後は確かに疲れていたけれど、重たい体の中には仕事を終えた満足感も溢れていて、けっして疲弊しきっていたわけではなかった。

ぼんやりとした明かりの中では、ライバル店のスタッフの表情さえ優しく見え、「お疲れ様でした」と声を掛け合うのが好きだった。

久しぶりに出勤したとたん、そんな情景がよみがえったのは、何気ない日常の瞬間を愛していたからに違いない。

今は、どこの店も明日からの営業再開に向けて準備を始めている。もうライバルではなく、同志のように、それぞれの姿が頼もしく思えた。

「カジュアルイタリアン・マルコ」は、お客様用のエレベーターからは正面にのびた通路の中ほど、エスカレーターで到着すれば、すぐ横の位置にある。向かい側のステーキレストランとともに、レストランフロアでは好立地を与えられ、店舗面積も広い。

ガラス張りのマルコの壁に沿って、入口に進んだ。店内には皆見の姿が見えている。

見慣れたスーツの店長スタイルではなく、今日はシャツにジーンズというカジュアルな服装だった。それもそのはずで、アクリル板をノコギリのようなもので裁断している。

「おう、六花。久しぶり」

顔を上げた皆見に、私も片手を上げて応じる。

「本当に久しぶり。なかなか様になっているじゃん」

「そうか？　こんなことしたのは、工作の授業以来なんだけどな」

「工作？　小学校か中学校以来ってこと？　つくづく不器用な皆見っぽいよね」

私が笑うと、皆見はうるさいと鼻の付け根にしわを寄せた。

「あ、鈴木さんだ。お疲れ様です」

Aホールのテーブルに、アクリルの仕切板を設置していた真中さんも、私に気づいて元気な声を上げた。それに連動して、次々にキッチンからも「久しぶりです」「元気だったか」などと声を掛けられた。それぞれに応えながら、あちこちで語られる近況報告に耳を傾ける。どうやら、社員たちも全員がヘルプに行っていたわけではなかったらしく、誰もが新宿店の営業再開を待ち望んでいたようだ。しかし、集まった面々を見て、あれっと思った。

「皆見、社員しかいないじゃない。私まで来てよかったの？」

「バカ。誰よりも新宿店のことを把握しているのはお前だろ。俺が必要だと思ったから呼んだんだよ」

ちょっと嬉しかったが、恥ずかしいので気づかれないよう、きびきびした態度を示す。

「確かにね。私は何をやればいいの？」

「真中と一緒に、仕切板を全部のテーブルに設置してほしい」

皆見が作っているのは、レジの前に置く仕切板らしい。テーブルは、スタンドにはめ込むだけの既製品だったが、それ以外の場所は、サイズに合わせて大きなアクリル板を切るしかないようだった。

「これからは、お客様との間に仕切が必要なんだね」

「お客様同士もさ。目の前にいるだけに、よけいに距離を感じるよ」

「考えすぎじゃない？　とにかく、安心して食事を楽しんでいただくためなんだから」

応えながらも、私も同じことを感じていた。そもそも、今はマスクの着用が当たり前だ。マスク、アクリル板、お客様との間にはいくつものフィルターがある。本社の研修では必須だった笑顔も、これでは十分に伝わらない。

「今頃、どこの店舗も仕切板の設置作業で大忙しだね。考えてみれば、飲食店だけじゃないもんね」

「だろうな。本社もアクリル板の手配だけでてんやわんやの大騒ぎだったらしいぞ」

「よけいな仕事だよね。営業中も、もっとよけいな仕事が増えるんだろうな」

ふと、不安が心をかすめる。アクリル板越しであっても、お客様は外で食事をしたいと思ってくださるのだろうか。それほどの魅力が私たちのお店にあるといえるのか。

「これからは、これがスタンダードなんだ。大丈夫、そのうち慣れて当たり前になる。俺たちも、お客様も」

どこか自分を納得させるような皆見の口調に、始まる前から考えすぎるのはやめることにする。そう、きっと慣れれば何でもなくなる。

真中さんはAホール、私は奥まったBホールのすべてのテーブルの中央に、アクリル板の設置を終えた。アクリル板の入っていた段ボールを片付け、真中さんと並んでホールをしげしげと眺めた。

「何だか圧迫感がありますね」

「うん。店が狭くなった気がする」

いくら透明なアクリル板とはいえ、これまでの店内に見慣れている私たちにとって、仕切板は完全に異物だった。

「ところで鈴木さん」

小柄な真中さんが私を見上げた。

「ウチのメイン商品って、ピザじゃないですか。大きなピザがウリですよね。どこに置いたらいいんですか？」

　悩ましげに指先を顎に当てた真中さんを見て、私は固まった。確かにそうだ。ランチメニューでは、ピザランチ、パスタランチと、一人ずつ注文されるお客様がほとんどだが、ディナータイムになると、好きな料理を注文してシェアをするお客様が圧倒的に多い。

　ピザに限らず、料理のボリュームもマルコの人気の理由のひとつである。シェアを前提に考案されたマルコのアラカルトメニューにとって、テーブルを中央で仕切るアクリル板は致命的だった。

「根本的な問題だね……」

　まだ皆見は、レジの前でアクリル板と格闘していた。私たちの話を聞くと、驚いたように顔を上げて店内を見渡し、がっくりと肩を落とした。

「すまん、俺の考えが足りなかった……」

「初めてのことですし、店長のせいじゃありません」

　真中さんの言葉に、皆見は首を振る。

「いや、俺がちゃんと考えて指示を出さなかったからだ。ここは、俺がヘルプに行っていた広尾店や中目黒店とは違った」

「向こうではどうやっていたの？」

「広尾も中目黒もピッツェリアだ。もともとテーブルは広いし、メニューは限られている。同じグループのお客様なら、仕切はほとんど意識していなかった。どちらかといえば、隣のテーブルのお客様に対してだな」

「じゃあ、ここもそれでいいんじゃないですか。仕切板は、テーブルの右か左、片側に置けば、隣のテーブルと仕切られます。どうせ一緒に来るお客様は、家族かお友達なんですから」

「一番合理的だよね。こっちだって、最初からお料理を全部取り分けて出すなんて、とうてい無理だし、そもそも、大皿を囲んでワイワイっていうお店のコンセプトが崩れちゃう。まぁ、このご時世だから、お料理を挟んでいつまでもおしゃべりしていていてほしくはないけど……」

「運んだそばから、早めにお取り分けくださいって言うのもおかしいしな」

「おかしいです、店長」

真中さんがコロコロと笑った。

いったい、どこまでが店の責任や義務なのか。私たちは飲食店としてどこまで考えればいいのだろうか。けれど、食事に来たのはお客様の意思ですからと、責任を放棄することもできない。

「テナント店ならではの問題もある。マネージャーに訊いてみるよ。ほかの店がどうやっているのか」

皆見ははめていた軍手をはずして、電話をかけるために事務所に行ってしまった。

テナント店ならではの問題とは、テーブル数の問題である。売上確保のため、少しでも多くのお客様をご案内しようと、店内にはびっしりテーブルが並んでいる。

家族連れよりもお二人様が多いため、すべて二名掛けのテーブルで、それらをつなげることで、大人数のグループにも対応しているのだ。

基本レイアウトは、それぞれのテーブルが独立した形だから、先ほど私たちが設置した仕切板は相当な数になり、その分、圧迫感があった。つまり、仕切られていても、隣のテーブルとの距離は極めて近いことになる。

「私だったら、満席になったら、ここで食事をしたくないなぁ」

真中さんの正直な呟きに、私も心から頷いた。

しばらくして戻ってきた皆見は、吹っ切れたような顔で言った。

「二度手間で悪いけど、レイアウト変更！　これからは、テーブルをふたつつなげて、四人掛けを基本レイアウトとする。二名のお客様も四人掛けにご案内する。できれば、対面ではなく、対角線上に座ってもらう。よって、アクリル板はテーブルの右端に設置し、隣との仕切とする。これなら、料理提供も問題ないだろう」

「了解。でも、それって、少人数のお客様が多ければ、満席になった時に、下手すると今までの半分しかご案内できないってことだよね。大丈夫なの？」

皆見は頷いた。

「売上には響くだろうが、マネージャーとも駅ビルとも話はついている。そもそも、これまでみたいに、満席になるかどうかも分からないしな。とにかく、これでやってみよう。お客様にとっても、働く俺たちにとっても、一番安心で無理がない方法がいいと思う」

「そうだね。お客様の反応も見てみたいし。それに、世の中の方針が、また変わるかもしれないしね」

私と真中さんは、今度は一緒に作業を始めた。使用するアクリル板は半分の量で済んだため、たたんでしまった段ボールを組み立てて、余った分を中にしまった。

皆見も苦戦しながら、何とかレジの前にアクリル板を設置し、私たちはもう一度しげしげと店内を眺めた。テーブルをふたつずつくっつけたため、通路の幅が広くなり、料理や下げた皿を持って動き回る私たちにとってはサービスがしやすくなる。これまで、お二人様にはやや手狭だったテーブルも、倍の広さになったことで、ゆとりを感じてもらえるのは嬉しい。

「まぁ、いいんじゃない？」

「これがスタンダードだからな」

私たちは自分を納得させるように、わざと声に出してみた。

「余ったアクリル板はどうするんですか？　置き場所がありませんよ」

真中さんがレジの前の段ボールを指さす。テナント店の常で、事務所も狭く、余剰のスペースはどこにもないのだ。

「ああ、それなら、本社に戻します。明日の朝、食材の納品時に回収しますから、ご心配なく」

タイミングよく現れたのは、本社の夏目さんだった。営業部に所属していて、新宿店のマネージャーでもある。今日は朝から担当する店舗を回っているようだった。

「アクリル板と、消毒用アルコール、とにかく、かき集めるのが大変だったんですよ。今でも発注すればすぐ手に入るというものではないんです。余った分は本社に保管して、不足した店舗にすぐ運べるようにしておきます」

夏目さんは目を細めた。もともと柔和な顔立ちで、笑うと猫のように目が細くなる。マスク越しでもはっきり笑顔だと分かる優しげな表情に、私はコレだ、と思った。

「ほっぺの筋肉ですね、マネージャー」

「え？」

突然、話しかけられて夏目さんは目を丸くした。

「あっ、すみません。私、ずっと考えていたんです。接客は笑顔だって、嫌と言うほど教えられてきたじゃないですか。朝礼の時、口角を上げる練習をしたこともありましたよね。だけど、マスクをしていたら表情が分からないなって」

「なるほど。それでほっぺの筋肉……」

夏目さんが真面目な顔で繰り返したので、真中さんが吹き出した。「ほっぺも何も、目は口ほどにものを言うっていうじゃないですか。店長なんて、いつでも思いつめたような顔をしているから、要注意ですよぅ」

SNSに自分の写真をアップすることにも慣れている真中さんは、もっとも自分が魅力的に見える角度や表情をよく分かっている。なるほどなと頷きつつ、真中さんも機嫌が悪くなると、すぐに眉のあたりに険をにじませるくせにと思う。

夏目さんは真中さんを差し置き、私に笑顔を向けた。

「さすが、鈴木さんはよく気が回りますね。新宿店は鈴木さんがいるから安心だな。この店の顔みたいなものですからね」

嬉しいが、それを店長の皆見や、二年目社員の真中さんの前で言われるとちょっと気まずい。いくら社員の頃からの付き合いとはいえ、本来なら、真中さんが「看板娘」とならなくてはいけないはずなのだ。けれど、彼女からはどうにも仕事に対する熱意も、積極性も伝わってこない。そのくせ、他人の視線にだけはやたらと敏感で、今も露骨に眉を寄せている。目は口ほどにものを言うと、さっき自分で言ったじゃないか。

「とにかく、やってみなくては分かりません。本社も全力でバックアップしますから、明日から頑張りましょう！」

夏目さんはいっそう目を細くして微笑んだ。

私たちはグラスを洗い直したり、ワインやドリンク類のチェックをしたりで忙しく、キッチンはキッチンで料理の仕込みに追われていた。

ようやくひと段落ついたのは、いつもの営業終了の時間とほとんど変わらなかった。レストランフロアのほかの店舗も同じような状況だったらしく、どこも遅くまで明かりが灯っていた。退館時間ギリギリになって、いっせいにエレベーターに乗り込み、顔見知りのスタッフたちと「いよいよですね」「どうなることやら」と言葉を交わす。いつもはレストランフロアの売上で、シェア争いをしているステーキレストランの店長と皆見が、「一緒に頑張っていきましょう」と笑顔で頷き合うのが、なかなかに新鮮だった。

翌朝。いよいよ、待ちに待った営業再開である。

四月の初め、休業となる前に、最後にお客様と交わしたのは、「今年はお花見もできなくて残念だったわ」という会話だった。

それがもう六月だ。陽ざしは鋭くなり、梅雨入りを控えて、晴れているのにどこか空気は重苦しい。

ホールのスタッフよりも出勤が早いキッチンスタッフは、全員揃って仕込みを始めていて、いつもは私よりも遅い皆見の姿も見える。

店頭に近いピザ場の大きな窯に橙色(だいだいいろ)の炎が揺れているのが見え、いよいよだなと思う。

急きょ作られた六月のシフトでは、社員のほかは、私とベテランアルバイトの桐子さんの名前が目立つ。ランチタイムだけの主婦パートさんは、子供が家にいるからと引き続き休みを希望し、大学生のアルバイトは、オンライン授業となったために、地方の実家に帰省してしまった子や、親から「危ないから家を出るな」と言われたという子もいて、人手の確保に苦戦したと皆見が言っていた。

いつものように開店の準備をし、十五分前にはキッチンスタッフたちとカウンター越しに向かい合って、朝礼をした。

中心に立った皆見は、連絡事項以外は多く語らず、最後に「今日も一日、思いっきり楽しみましょう」とスタッフ全員の顔をぐるりと見まわした。

この言葉で締めくくるのが、マルコの社長の朝礼である。人生の多くの時間は仕事をして過ごす。だからこそ楽しもうとマルコの社長は言う。

朝礼後、それぞれのポジションに向かった。ベテランの皆見と私は、店頭に立ち、お客様をお迎えすることになっていた。

レストランフロアの営業開始の五分前。久しぶりの仕事のせいか、いつも以上に緊張した。十年近くこの仕事をしていても、開店前は毎回不安になる。お客様からの難しい要望はないか、トラブルが起きないか。それは、新入社員の頃から変わらない。でも、その緊張感がほどよい刺激となって、仕事にも身が入る。久しぶりの懐かしい感覚が心地よくて、ますますマルコに戻った喜びがじわじわとこみ上げてくる。

ふと、横を見た。隣にいるはずの皆見がいなくなっていて、私は焦った。ついさっきまでは確かにここにいた。何かあったのかと慌てて振り向くと、すぐ後ろのレジの横に佇む皆見が見えた。

「何しているの。もうすぐ開店だよ」

私の声に、皆見は大げさなくらい肩を跳ね上げ、さっと手に持っていたスマートフォンを隠そうとする。素早く腕を押さえると、画面の中では、真っ白いポメラニアンの赤ちゃんが、尻尾を千切れんばかりに振って、つぶらな瞳で見上げていた。

「仕事中に何見ているのよ」

呆れた私は、皆見の背中を思いっきりひっぱたいた。

「仕方ないだろ。緊張で息が止まりそうだったんだ」

皆見はバツが悪そうに顔を赤らめ、スマートフォンをポケットにしまった。

「せめて、エリちゃんの写真なら分かるけどさ」

「動物動画は、昔から俺の癒しなんだよ」

私の緊張はすっかりどこかへ吹き飛んでしまった。皆見を引っ張って店頭に立ったとたん、「ただいまより、レストランフロアを営業いたします」と館内放送が流れた。

しばらくして、エレベーターとエスカレーターの両方から、お客様がパラパラとフロアに散らばってきた。向かいのステーキレストランの店長も店頭に立っていた。

真っ先に通路を歩いてきた高齢の夫婦が、迷うことなくステーキレストランへ向かい、店長は恭しく店内に招き入れる。

「負けた」

皆見が呟き、「きっと常連様だよ。でも、ウチだって負けていないよ」とこっそり返す。エレベーターの方向から歩いてくる、かくしゃくとした男性の姿が見えたからだ。

ほぼ毎週、きまってオープンと同時に訪れる常連様だった。私が新宿店に異動してきた時にも「常連様」と教えられたので、十年以上マルコ新宿店に通ってくれていることになる。今も、わき目もふらず確かな足取りでマルコを目指して来る。

入口で足を止めた彼に、私と皆見は「いらっしゃいませ」と腰を折った。

店内からはやまびこのように「いらっしゃいませ」と繰り返される。

「やぁ。やっと開きましたね」

目元に刻まれた無数のしわから、彼が満面の笑みを浮かべていることが分かる。私もマネージャーから学んだ「夏目スマイル」を返す。

「ご不便をおかけしました。どうぞ、お席にご案内します」

「あなた方のせいではありませんよ。大変でしたねぇ」

ご老人はやんわりと労り、案内する私についてくる。

彼のお気に入りは、ピザ場がよく見えるテーブル席だ。四人掛けのテーブルを示すと、「一人にはもったいない」と遠慮をしたが、「そういうご時世です」と座っていただいた。

久しぶりに定位置から店内を眺めたご老人が、距離を保つために四人掛けに変更されたレイアウトや、テーブル上の仕切板に何を思われたかは分からない。ただ、椅子から柔らかなまなざしで私を見上げた。

「大丈夫。生きている限り、希望はあると申します」

「え?」

「イタリアに、そういう格言があります。今は大変でも、こちらのピザは美味しいですから、必ずお客さんは来てくださいます」

「ありがとうございます」

何よりも嬉しい言葉に、私はそれしか返すことができなかった。

このご老人はよほどピザがお好きなようで、毎回、必ずピザランチを注文される。ご高齢にもかかわらず、大きなピザを残すことなくきれいに召し上がる。おまけに、手を汚すことなく、ナイフとフォークを使ってピザを切り分けて口に運ぶのだ。

店内に入る時には、決まってピザ場のスタッフや、オープンキッチンのスタッフにも軽く片手を上げて挨拶をしてくれる。その様子があまりにも自然で堂に入っているものだから、私たちは彼のことをこっそり「殿下」と呼んでいた。豊かなグレイヘアをいつもきちんと後ろに撫でつけ、夏でもジャケットを着ている姿は、どこか気品をも感じさせる。

メニューを差し出そうとする私を、殿下はやんわりと押しとどめた。

「もうね、ずっとここのピザが食べたくてたまらなかったんです。夢にまで見ましたよ。切り分けると、モッツァレラチーズがこう、長~く糸を引くんです。おや、これはまた最高の出来じゃないかって、口に入れようとしたところで目が覚めました。いやぁ、悲しかったですね。目じりには涙、お恥ずかしいですが、口元には涎です。でも、何だか香ばしい小麦の香りが漂っているような気がしましてね。孫が朝食に焼いていたトーストのせいで、そんな夢を見たのでしょう」

この男性の話にはいつも引き込まれる。私たちを対等と見てくれて、友人のように話しかけてくれるのだ。

「今日は、ようやく現実のピザをお召し上がりになれますね。ランチのピザは、季節野菜のピザか、シーフードピザです。どちらになさいますか」

「ではシーフードを、海老抜きで」

「かしこまりました。かわりに、イカとムール貝を多くしますね」

「いつもありがとう」

海老が苦手だという話はだいぶ前にたっぷり聞かされた。足がいっぱいあるのがぞっとするらしい。ではカニはと訊けば、カニは大好きだそうだ。人間の嗜好は実に不思議なものです、と、あの時も殿下は私に楽しそうに話してくれた。思えば、もう何年もいろいろな会話をしてきた。こんな常連様とのやりとりが私は大好きだった。

殿下はいつもの白ワインのグラスをゆっくりと傾けながら、ピザ場を眺めている。こうやって、自分が注文したピザが焼けるのを待つ時間もまた至福なのだという。

仕込んだピザ生地は、一枚分ずつ丸められてスタンバイされている。オーダーが入るたびに、発酵してふくらんだ生地をつぶしすぎないよう手のひらで伸ばし、ソースを塗り、チーズと具材をトッピングして、素早くパドルで薪窯の中に入れる。

高温で一気に焼き上げた、薄焼きのピザがマルコの自慢で、店内には、いつも香ばしい香りが漂っている。

ピザが窯から出されると、私は大急ぎで殿下のテーブルに運んだ。チーズがふつふつと踊っている。まさに焼きたてだ。おそらく殿下は、窯がよく見えるだけでなく、この瞬間を逃さないために、ピザ場に近い席を好まれるのだろう。

波打つように盛り上がったピザの縁に、殿下はさっそくナイフを入れた。サクッともパリッとも言えない感触が、すっかり食べ慣れた私にも手に取るように伝わってくる。適度に焦げ目のついた生地から漂う香ばしい香りは、どこか焼きたてのお餅をも連想させる。そのたびに、ナポリピザは生地が命だなぁと思うのだ。

殿下のワインのグラスが空になっているのに気づき、グラスを下げにテーブルに向かった。殿下は、いつも一杯しかワインを召し上がらない。

「いかがですか。久しぶりのピザは」

お冷をグラスに注ぎながら訊ねると、ご満悦という様子で、口元を布ナプキンで拭いながら応えた。

「僕はね、ピザの縁の部分が大好きなんです。表面はまるで煎餅みたいにカリっとしているのに、噛みしめると意外と弾力がある。わずかな煤の風味もたまらなくて、小麦の美味しさをダイレクトに感じるんですよ。ほら、よく縁を残す人がいるでしょう。確かに、ソースが染みた具材の部分もしっとりとして美味しいですが、僕は縁こそがナポリピザの神髄だと思うんです。マルコのピザはやっぱり最高です」

「私もそう思います。お皿をお下げする時、縁の部分が残っていると、ちょっと悲しくなってしまいます」

「そうでしょう。僕はそんなことは絶対にしません」

ああ、そうかと思った。ナイフとフォークを使う殿下と違い、たいていのお客様は、カットされたピザの縁の部分を手で持って、具材ののった中央部分から食べ始める。そうなれば、最後に縁を食べる時は、生地だけの味気のないものになってしまう。縁を持てば手が汚れないのは確かなのだが、こんな弱点があったのだ。

それに気づいたからと言って、どうということもない。けれど、お客様とのやりとりから、普段見慣れたものでも新たな発見がある。それもまた、接客業の楽しみだ。

「いつも、きれいにお召し上がりいただいて、ありがとうございます」

「いえいえ」

殿下はマスクをはずしているためか、終始布ナプキンを口元に当てていて、気遣いに驚嘆しながらも、食事中でも気が抜けないなぁとちょっと気の毒になった。もちろん、すべてのお客様がこんな気遣いをしてくれるとは限らない。

久しぶりの焼きたてピザを堪能したからか、殿下はいつにもまして饒舌で、上機嫌だった。「ありがとう、また来ます」と、再びキッチンやピザ場のスタッフに手を上げて帰っていった。殿下は必ず「ありがとう」と言ってくれる。

店内にパラパラとお客様はいるが、忙しいと呼べるほどではなく、私は皆見と一緒に殿下を見送った。

「気づいていた？　今日、月曜日なんだよ」

皆見ははっと目を見開く。「ああ、いつもは木曜日だったな……」

ほぼ週に一度の殿下の来店日は、決まって木曜日だった。お仕事をされているのか、何か用事があるのか、そもそも、どこにお住まいなのかも分からない。お客様と店のスタッフとはしょせんそのような関係だ。けれど、顔を合わせて言葉を交わすから、時折、ひどく近い間柄のように感じてしまう。

「開店を待って、わざわざ来てくれたんだね……」

私と皆見はしばし、殿下が歩き去ったエレベーターに向かう通路を眺めていた。マルコの開店を心待ちにしていてくれたお客様がいたということが救いだった。

十二時半を過ぎてから来店が続き、ようやく店内は賑やかになった。

店頭で手指のアルコール消毒と検温をしてもらうため、これまでのようにすんなりとテーブルに案内はできない。おまけに、お客様が帰った後のテーブルの片付けも、アルコール消毒が加わった分だけ手間取ってしまう。

うっかりそのまま入ってきてしまったお客様には「消毒と検温をお願いします」などと声を掛けねばならず、何だか申し訳ない気持ちになった。中には、「ちっ」と舌打ちをするお客様までいるから、真中さんなどは怯えて店頭には近寄らなくなってしまった。

　かと思えば、お客様も私たちがちゃんとテーブルや椅子を消毒しているのか気にしている気がして、とにかく神経を使った。

　二時過ぎ、ようやくバタバタしていた店内が落ち着いた頃、「店長～」と真中さんが皆見に駆け寄ってきた。

「どうした。何かあったのか」

「何もないです。ただ、仕事中にビニール手袋をしてもいいですか？　ちょっと手荒れがひどくて、アルコールが沁みるんです」

　皆見は私のほうをチラリと見た。確かに、私たちが店内の消毒に使っているスプレーは濃度が高く、傷には沁みるし、手も荒れる。しかし、私はすぐにピンときた。彼女が、昨日、調理場の宮園さんと話していたことを聞いていたからだ。

『お客さんが使ったナプキンやおしぼり、触るの嫌だなぁ。ママも心配しているんだよね。いいな、キッチンは直接お客様と接する機会がなくて』

　これまでも、冬場の乾燥する時期になると、水仕事をする際に、手荒れのひどいスタッフは、使い捨てのビニール手袋をして仕事をすることがあった。真中さんはそれを思い出したのだろう。しかし、あくまでもドリンクカウンター内でのことだ。いくら透明な手袋とはいえ、お客様と接する時にはどうなのだろう。場合によっては、失礼だと思われる恐れもある。だが、感染症に誰もが敏感になっている今、それを「ダメだ」と断っていいものか。皆見は迷っているし、私にもよく分からない。

私は皆見にそっと頷いた。従業員を守るのも店長の役目である。お客様が口元や手指を拭いたおしぼりを触ることに、わずかな抵抗があるのも事実なのだ。

皆見が許可すると、真中さんは嬉しそうに「ありがとうございます!」と頭を下げた。

「仕方ないよ。だって、大丈夫とは言えないもの」

「そうだよな」

真中さんが離れてから、私と皆見は小さなため息をついた。

しばらくすると、見慣れたお客様が入ってきた。いつもランチタイムの遅い時間に、一人でいらっしゃる女性だ。週に一、二度、必ずスーツ姿で来店されるので、きっと近隣の会社にお勤めなのだと思う。お互いにすっかり顔は覚えているのに、彼女のほうはニコリともしない。私は心の中で「クールビューティー」と呼んでいた。

席にご案内し、メニューを差し出す。彼女の決断は毎回早い。そして、決まってパスタとピザを交互に注文する。彼女が最後に訪れたのは、ひと月以上も前のことだから、今日はその法則は通用しないと思うが、彼女が最後に召し上がったのは確か春キャベツとアンチョビのピザだったはずだ。

彼女が無言で指さしたのは、スパゲッティ・ジェノベーゼだった。法則が生きていたのかと、私は内心で快哉を叫ぶ。いつもなら、それでやりとりは終わりだ。

彼女はさっさとバッグからスマートフォンを取り出し、セットのサラダが運ばれるまで一度も顔を上げようとしない。

それなのに、今日は違っていた。クールビューティーは、テーブルに置かれたメニューを自ら手渡し、私を見上げた。初めて、私は彼女と視線を交わした。

「ようやく、食べられるわね」

メニューを受け取り損ねて、危うく落としそうになった。

「やだ、久しぶりの仕事で、動きが鈍ったんじゃない？」

「失礼しました……」

あなたの予想外の行動のせいだと思ったが、しおらしく頭を下げた。気にする様子もなく、彼女は続けた。それもまた予想外だった。

「ずっと待っていたのよ。こっちは毎日会社に通っているのに、ランチをするお店がなくて辟易(へきえき)していたの。やっぱり休憩時間くらい、外へ出てリフレッシュしたいじゃない」

クールビューティーと交わした初めての会話である。見た目通りの、やや高圧的な口調だったが、長年接してきて、ようやく心を開いてくれたのかという喜びのほうがはるかに大きかった。

「それはご迷惑をおかけいたしました。お客様は、ずっとご出勤されていたのですか」

「私の部署はね。でも、オフィスでは大半が在宅勤務よ。まぁ、静かでいいけどね」

「そうですか。大変でしたね」

「大変も何も、それが私の仕事だし。ただ、ランチに苦労したって話よ」

「もうご苦労をおかけしません」

笑顔で応えながら、なんて芯の通った人なんだろうと思った。

休業期間中の私のように、家にいたらいたで文句を言い、かといって、出勤を余儀なくされれば、ほかの人はリモートなのにどうして、と不満を募らせる人も少なくないはずである。けれど、それを「自分の仕事だから」と割り切れるクールビューティーの潔さに、大きく心を打たれた。そんな人々にとっての、わずかな息抜きの場をつくるのもまた飲食店の大切な役割なのかもしれない。

ランチセットのサラダを彼女のテーブルに運び、キッチンの前に戻ると、皆見が待ちかねたように近寄ってきた。

「珍しいな。あのお客様とお話ししていたじゃないか」

皆見も、これまで何度もクールビューティーの注文をとってきたはずだ。

だが、ついぞ心を開くことはできなかったと見える。

「私もびっくりしちゃった。このひと月ちょっと、みんな寂しい思いをしていたのかもしれないね。思わず、誰かと話したくなっちゃうくらい」

もしかしたら、家族と暮らしている皆見にはピンとこないかもしれない。でも、一人暮らしの私は、外に出なければ誰とも口をきかない日だって珍しくない。それが続けば、たまらなく人恋しくなる。どれだけ一人は気楽でいいと強がっていても、人間とは、きっとそういう生き物なのだ。

「鉄の女も、とうとう陥落したか」

「何？　皆見はあのお客様をそう呼んでいたの？」

はっとしたように、皆見はマスクの上から口元を押さえた。

「べつにいいんじゃない？　私は、クールビューティーって呼んでいたもん。たぶん、どっちの呼び方もあのお客様にはぴったりだと思うよ」

その後も、戸惑うことが何度も続いた。久しぶりの営業のおかげで、殿下やクールビューティーのほかにも見知った顔が多く、所々で呼び止められ、話しかけられる。

でも、中にはそれを快く思わないお客様もいらっしゃる。

「店員がいつまでもしゃべっているんじゃねえよ」などと、わざと聞こえるように呟いたり、料理の説明をしようとすれば、さっさと下がれというように手首をひらりと振ったりする方もいて、接客の難しさを思い知らされた。

「何だか、ギスギスしたお客様が増えました」とは真中さんの言葉で、確かに、「シンジュク・ステーションモール」やマルコ新宿店の客層は良く、これまでほとんど嫌な思いをしたことがなかっただけに衝撃を受けた。

「うん。でも、私たちもこうやってお客様との距離感を探っていくしかないよね。戸惑うのも、初日だからしかたないよ、頑張ろう、真中さん」

こういうのは、きっと店長の皆見よりも一緒に店内を動き回っている私のほうが共感しやすい。特に、相手が女性だからと強気に出る男性客はどこにだっているのだ。

また、気難しいお客様だけではなく、アクリルの仕切板も実際に働いてみるとなかなかやっかいだった。

真中さんはアクリル板のへりに袖をひっかけてお冷をこぼし、私もお皿を下げる時に肘がぶつかって、カトラリーを落としそうになった。透明というのが何とも憎らしく、夢中になっていると、つい仕切があることを忘れてしまうのだ。また、これまでに体で覚えた距離の感覚というものがある。テーブル同士の間隔、お客様の横から料理をお出しする時の角度、そういったものが、仕切板のおかげでこれまでとは違う。やっぱり、慣れるしかないのだとつくづく実感した。

ランチの営業が終わる頃には、どっと疲れが出た。

客数でいえばたいしたことはないのだが、とにかく神経を使った。

「いろんなお客様がいたね」

レジの点検をしている皆見に話しかけると、皆見もまた頷いた。気になるお客様の言動は、そのつど店長の皆見に報告し、必要があれば対応してもらっていた。

「うん。でも、思ったんだがな、感染対策に敏感なだけじゃなく、いちゃもんみたいなのを付けてきたお客様も、けっきょくは、誰かに構ってほしいって感じの方ばっかりだよな」

思わず笑った。

「そうかも。やっぱり、誰とも会えなくて寂しかったのかな。常連様にも、いろんな話を聞かされたよ。自粛期間中の、お子さんやダンナさんの愚痴とか、慣れないリモートワークで大変だったとか、とにかくいろいろ。きっとさ、お客様にとって、顔見知りの店員って、ちょうどいい相手なんだろうね。顔は知っているけど、しょせん他人。だからこそ、愚痴でも悩みでも何でも話せる。嫌味っぽいお客様にとっては、私たちはわがままを許してくれる相手なんだろうなぁ。そういうのは、今ではさらっと流すようにしている」

「真中は怯えていたけどな。まぁ、俺はちょっと安心した。マルコは、お客様にとって、空腹を満たす場所じゃなく、心を解放する場所でもあるんだって、再確認できた」

「うん。嬉しい時も、慰められたい時も、一人でも、家族とでも、どんな時でも選んでもらえるようなお店でいたいと思う」

皆見は顔を上げて、まばらにテーブルが埋まった店内を眺めた。

「そうだな。けっきょく、この状況下では、そんな店しか生き残れないんじゃないかと思う」

皆見の言葉に、久しぶりに店内を歩き回って高揚していた気持ちが、すっと冷めた。

マルコはちゃんと生き残れるのか、不安になったのだ。

最後まで残っていた老夫婦が帰ってしまうと、ぱったりと来店が途絶え、店内にはお客様が一人もいなくなってしまった。完全にノーゲストだ。駅ビルのレストランフロアは、中間クローズというものがなく、閉店時間まで営業を続けるのが決まりである。

「さすがにひどいな」

「今までなかったよね」

皆見と並んでぽかんと店内を眺めていると、一時間前から休憩を取っていた真中さんが、私服姿でぴょこんと店頭から顔を出した。お客様がいないことを確認し、宮園さんと入ってくる。同期の二人は仲がよく、休憩が重なれば必ず一緒に過ごしている。

「店長～」

真中さんは興奮したように皆見に駆け寄った。下のフロアで買い物をしてきたのか、二人とも手には紙袋をぶら下げていた。

「店長、下はどこも大混雑でした。みんなお買い物がしたくて仕方がなかったんでしょうね。私も、ようやくほしかったコスメを買うことができました！　これ、ドラッグストアじゃ売っていないんです」

真中さんが掲げたのは、オーガニックコスメブランドの紙袋だった。彼女がこんな高価なものを使っていることに驚いたが、皆見にはさっぱり分からない様子だった。

実は、私はずっと前から気づいていた。真中さんは、皆見のことが大好きなのだ。私服がいつも大人っぽいのも、十歳も年上の店長の気を引きたいからに違いない。

皆見がとうに結婚していることは、真中さんも含め、誰もが知っている。いくら彼女が背伸びしようと、あの男が後輩に特別な感情を持つことなどまずないだろう。

真中さんは、それもまたよく分かっていると思う。けれど、皆見の存在が、彼女の職場におけるモチベーションになっているのなら、私はそれで構わないと思うのだ。間違っても過ちを犯すことなどあり得ないから、私も安心して傍観していられる。

なぜなら、皆見は今時びっくりするくらい身持ちが固い。通常、身持ちが固いとは女性に使う言葉だが、私はあえてここで使う。これまで何度となく飲んだくれ、若い時分にはお互いのアパートに転がり込むなんてことが何度もあったのだが、一度として、甘い雰囲気になったことはないのだった。

皆見には、そうなってはいけないとなぜか自分に思い込ませている雰囲気があった。そのおかげで、穂波さんも含め、私たちはずっと同志という関係を保っている。

だからこそ、皆見が結婚相手と決めた相手を、私は心から称賛し、また、堅物の男が、彼女以外の何者にも心を動かすことはないと確信しているのである。

「ファッションフロアも大混雑ですけど、地下はもっとすごいんですよ」

今度は宮園さんだった。

「食品フロアか」

さっぱり分からないコスメよりも、皆見はこちらに感心を示す。

「シンジュク・ステーションモール」も、ほかの百貨店と同じように、地下は二フロアにわたって食品売り場となっている。ただし、高級スーパーのような生鮮品ではなく、お惣菜(そうざい)やパン、お菓子、お茶などを販売する専門店が、テナントとして出店していた。

「デリのお店が、どこもお弁当の販売を始めていました。ケーキやパン、お惣菜のお店も大行列です」

もともと話題になるような有名店が多く入っている。ただでさえ行列を作る洋菓子店もあったのだから、休み明けとなればなおさらだろう。

「地下に取られたか……」

皆見が腕を組んで大きく唸った。

駅ビルが営業を再開したからといって、買物客が必ずしもレストランフロアに来てく

だ さるわけではない。お客様にとっては、一か月以上も我慢してきたお買い物である。購買欲は抑えがたくても、まだ飲食店に足を向けようとはならないのだ。いや、街に出たついでに、美味しいものを「買って」帰ることも楽しみのひとつなのかもしれない。

ようやく営業を再開してみても、人々の心は、外食を楽しもうという方向に動いていないということがよく分かった。

「……厳しいな」

皆見が表情を曇らせる。すっかり宮園さんに話題を取られてしまった真中さんは、そっとコスメの袋を背中に隠した。代わりに、宮園さんが手に持っていた紙袋を差し出した。

「せっかくなので買ってきました」

金色に箔押(はくお)しされた、見慣れたロゴ。新宿の駅に近い、老舗ホテルの紙袋だった。地下一階には、このホテルのデリもテナントとして入っている。てっきりお惣菜でも買ってきたのかと思ったら、宮園さんが取り出したのはかわいらしいピンクの箱だった。皆見も私も、思わずえっと声を上げる。

「そうなんですよ。今まで、『欧州(おうしゅう)ホテル』のデリは、お惣菜しか売っていなかったじゃないですか。キッシュとか、ローストビーフとか。それが、今日行ってみたらお菓子も置いているんです。それこそ、ケーキから焼き菓子まで。まぁ、ホテルのブティックには置いているはずですから、不思議はないんですけど、売れるものは何でも売ろうというたくましさを感じたんですよね。だって、駅ビルの食品売場なら、ホテルよりもお客様が集まりますから」

いたく感銘を受けた宮園さんは、プティ・フールを買ってきてくれていた。

蓋を開けてみれば、見た目も繊細な、色とりどりの小菓子が整然と並んでいる。

「見栄えもいいね。これなら、つい買っちゃいそう」

「みんな、もの珍しい食べ物に飢えている印象だもんな。ちょっと高価でも、家族で外食するのに比べたら安いものだ。生活に余裕のある人は、抑圧された有り余る欲求を満たそうと、多少値が張る物でもためらわず手を出す。そう考えると、ちょっと高級なお菓子や食材なんて、今はまさに売り時なのかもしれないな」

「ですよね。私もこのひと月、お金を使う機会がなかったから、つい奮発しちゃいました」

宮園さんに急かされ、トッピングにピンクのクリームが絞られた真っ赤なマカロンをつまむ。皆見もピスタチオらしき緑のクリームがかかった小さなシュークリームを選んで、一口で頬張った。美味しかった。ちゃんと手のかかった味がした。

私たちが絶賛すると、宮園さんは嬉しそうに微笑んだ。そのまま、ふてくされた真中さんを連れてキッチンに向かう。キッチンスタッフにもふるまって、みんなで食べるつもりなのだろう。宮園さんは面倒見がよく、きっとすぐに真中さんの機嫌も直るはずだ。

「なりふり構っていられないんだね、きっと」

ホテルだって、レストラン部門も宿泊部門も深刻な打撃を受けているはずだ。

しかし、どこかに活路を見出さなくてはならない。食材を仕入れている取引先にも影響はおよび、これはもはや飲食業界だけの問題ではない。

店は依然としてノーゲストのままだ。

夜になれば多少の来店はあると思うが、ランチタイムほど期待はできない。

緊急事態宣言が解除されたとはいえ、今も外出自粛の風潮は私たちに染みついていて、会社員や学生たちも寄り道などせずにまっすぐに帰宅してしまいそうな気がする。

「ここも、もっと考えたほうがいいのかな。せっかく店を構えているんだもん。食事に来るお客様を待っているだけじゃなくて」

「テイクアウトしかないよな」

「もともと、ピザはやっていたじゃない？　何でもテイクアウト可能にしたら？　昼間も何人ものお客様に言われたよ。マルコの味が恋しかったって。せっかく店が開いたんだもん。外での食事をためらう方は、テイクアウトして、家で食べてもらえばいいじゃないの？」

「でも、店で食べるほうがずっとうまい」

そんなことは分かり切っている。ピザだって、焼きたてに敵うものはない。生地は蒸気でふやけるし、温め直しても、焼きたてのような食感は戻ってこない。

こんな時、いつも皆見は煮え切らない。

とにかく、何でもやってみればいいのにと歯がゆく思う。

「じゃあさ、冷製の前菜は？　そうだ、穂波さんのカフェは、もともといろんな種類の前菜を仕込んでいたじゃない？　あれをテイクアウトにしたの。それこそデリだよ。目玉商品は、なんとそのデリを挟んだフォカッチャサンド。一緒に考えたんだよ」

皆見に穂波さんの話をしていなかったことを思い出し、ここぞとばかりに話した。

どこだって、必死にアイディアを出しているのだ。

「穂波さんだって、ピザをやっていたじゃないか。メインは、ピザのテイクアウトじゃないのか」

私は言葉を呑み込む。

テイクアウトすることによって、本来の美味しさを味わってもらえないのは、ずっとキッチンスタッフとして働いてきた穂波さんが、もっとも気にしたことだった。

ピザなら、デリバリーの専門店がある。届け先でも美味しい状態で食べられるように開発された商品と、保温しながら素早く届ける配達員がいる。美味しさを保つ技術ではとうてい敵わない。皆見は、時々鋭いところをついてくる。

私は小さくため息をついた。考えるのも、行動を起こすのも、社員であり店長である皆見にしかできない。

「まぁ、ピザはこれまで通りやっていこう。でも、前菜とかパスタも、寺田料理長と相談してみてよ。デザートだって、ウチのティラミスやズコットは人気あるし、あまり街では見かけないから、ある程度需要はあるかも。レストランのデザートが家で食べられるなんて、ちょっと嬉しいじゃない？」

皆見は無言だ。だけど、何も考えていないわけじゃない。皆見は頭の中で、何が可能で、何が不可能なのか、やるべきか、やらざるべきか、だとしたら、どんなやり方があるのか、目まぐるしく思考を巡らせているはずだ。ただ、慎重すぎる性格ゆえ、すぐには答えを出せず、はたから見れば、気難しい顔で黙り込んでいるだけに見える。皆見の性格を知らなければ、言いたい放題言われて、不機嫌になったと思ってしまうに違いない。

「こういうのは早いほうがいいよ。そうしないと、どんどん置いて行かれちゃう」

無言の皆見をそのままに、真中さんが制服に着替えて戻ってきたのを見て、今度は私が休憩に入った。

なりふり構わず、何でもやってみればいいのにと思う。うまくいかなかったら、やり方を変える。しかし、それも私が気楽なパートの立場だから言えるのかもしれない。社員の時はどうだっただろうか。何か新しいことを始める前は、マネージャーにも相談し、上申書を書かされた気がする。特にここはテナントだから、家主である駅ビルの許可も必要なのかもしれない。

私も制服から着替えて地下の食品フロアに向かったが、エスカレーターから見下ろすだけで、すでに大混雑しているのが分かった。あの人ごみに入ると思うだけでうんざりし、そのまま方向転換して、上りのエスカレーターに乗った。

夕方の食品フロアは、帰宅前のお客様で、宮園さんが訪れた時よりもさらに混んでいるようだ。何が「密」を避けるだと、心の中で悪態をつき、途中でエレベーターに乗り換えてビルの屋上に出た。

地下にこもった異様な熱気とは違って、夕方の屋上は涼やかな風が吹いていた。

穂波さんの声が聞きたくなり、電話してみたが出なかった。忙しいとは思わなかったが、ちょうどお客様がいるか、仕込みの最中なのかもしれない。

諦めて、スマートフォンをポケットに戻す。手すりにもたれ、暮れゆく新宿の街をぼんやりと眺めた。景色はこれまでと何ひとつ変わらないのに、何か大きなものが変わってしまった。怖いような、寂しいような、何とも言えない気持ちが胸いっぱいに広がっていた。

あえて言うなら、それは不安に一番近いかもしれない。せっかく職場に復帰できてほっとしたはずなのに、わずか一日も経たずにまた大きな不安に襲われている。

「ありがとうございました」

最後のお客様をお見送りしたのは、閉店時間の午後九時よりも二十分ほど前だった。もともとは午後十一時まで営業していたのに、感染症が流行り始めてから、営業時間は短縮されてしまっている。

ラストオーダーの時間は過ぎているため、もうお客様が入ってくることはない。

私はいそいそと店外に出て、壁に沿って並べられたウエイティング用の椅子を片付け始めた。皆見はレジを精算していて、ホールもキッチンも閉店作業に取り組んでいる。

ディナータイムは、はっきり言って閑散としていた。

もう少し、営業再開を喜んで訪れるお客様がいるかと思ったけれど、ポツポツと入ってきては帰っていくの繰り返しで、一度も満席にならなかった。

午後九時少し前、ステーキレストランの店長が最後のお客様を店頭で見送っていた。目が合うと、「サッパリですわ」というように首を振る。

毎日、売上シェアの一、二を争うマルコとステーキレストランがこうなのだから、同じフロアのほかの飲食店は、もっとひどいのかもしれない。

早くから着々と閉店準備を進めていたおかげで、九時にはみんな揃ってタイムカードを押す。皆見はまだレジにいたが、ふと見れば皆見のタイムカードはすでに八時半に押されていた。明らかに、今日は売上に対して人件費がオーバーしている。営業再開初日とあって、もう少し忙しくなると期待していたが、完全に読み違えだった。

うっすらと照明の落とされた通路に出ていく真中さんや桐子さんを見送り、私は皆見の横に並んだ。レジ締めは終わっていたが、皆見は背後の壁にもたれて、ぼんやりと店内を眺めていた。

「皆見、着替えてきなよ。私、納金行ってくるから」

以前は店用の黒いスーツで通勤していた皆見は、感染症が流行り始めた春頃から、店と通勤用とでスーツを変えている。店のスーツはほかのスタッフの制服と一緒にクリーニングに出して、家には持ち帰らない。皆見の奥さんが、エリちゃんを心配してそうさせているという。もっとも、通勤で着ているスーツだって心配なはずで、皆見は帰宅すると風呂場に直行させせられるそうだ。

「いいのか」

「いいって。だから、早く帰ろうよ」

売上はその日のうちに駅ビルに納金する。バックヤードの入金機が置かれた部屋には誰もおらず、速やかに今日の売上を収める。六十万円ちょっと。この金額がいいのか悪いのか、私にはよく分からなかった。ただし、以前の平日のおよそ半分だ。

店に戻ると、皆見はピザ場の正面のテーブルに座っていた。殿下のお気に入りの席だ。

「どうしたの？　早く帰ろうってば」

「大丈夫なのかなぁって思ってさ」

不安になる気持ちは分かる。これから徐々にお客様が戻ってくるのか、それとも、営業を再開した今日はまだましなほうで、明日からはもっと悪くなるのか。

ああ、やっぱり皆見だなと思った。責任感が強すぎるのだ。

お客様が少なかったのは皆見のせいではない。けれど、何かうまくいかないことがあると、自分が原因だとばかりに、思い悩むのが皆見だった。そういう真面目すぎるところが店長に向いているといえるし、荷が重すぎるともいえる。

私は向かい側に腰を下ろした。一度座ると、鉛が入ったように体がずっしりと重く感じた。この疲労感は、けっして久しぶりに働いたせいではない。

「疲れたな」

皆見が私の気持ちを見透かしたように言い、私も「疲れたね」と返した。

私から見れば頼りないくせに、皆見は自分が店長だという自覚だけはしっかりしていて、絶対にほかのスタッフの前で弱音を吐かない。

「あの時だって、こんなに疲れた気はしなかったけどな」

「あの時？」

「ほら、初めて、新宿店が売上二百万を達成した時。穂波さんもいた頃だ。クリスマス前だったっけか。オープンと同時にわっとお客様が入ってきて、ラストオーダーまでずっとウエイティングが途切れなかったよな。たぶん、休憩も取れずに走り回ってた」

「ああ、あったね。クリスマスコースとワインがバンバン出たんだよね。え〜、でもヘトヘトだったよ」

「お前、冬なのに汗びっしょりだったもんな」

「仕方ないでしょ。少しでも早くテーブルを片付けて、次のお客様をご案内してあげたかったんだもん。あんなに並んでまでウチで食事したいって思ってくれているんだよ？全力で応えなきゃ、申し訳ないじゃない」

「全力だったなぁ。あっちでもこっちでもお客様に呼ばれて、オーダーで頭がパンクしそうだった」

皆見がテーブルに視線を落としたまま、小さく笑った。

「でも、楽しかったよね。充実感があった。頑張っているって思えたもの。あの時、みんなで飲んだビール、美味しかったなぁ。あの味、一生忘れられない」

少しの間があり、皆見が呟いた。

「……また、うまいビールを飲むぞ」

私は皆見の顔を見つめた。

「これじゃあ、俺たちが楽しめないもんな。毎日、朝礼で白々しい言葉を言いたくない。スタッフを生き生きと働かせてやりたい。そのためには、店が忙しくなるしかない」

「皆見……」

「俺たち、これまでお客様を精いっぱい楽しませてきたもんな。絶対、忘れられるわけないよな。帰ってきてくれるよな、前みたいに」

皆見の言葉は、まるで自分に言い聞かせているようだった。

「当たり前じゃない。今はとにかく踏ん張ろうよ。投げ出さないで、頑張るしかない」

生きている限り、希望はある。ふと、昼間聞いた殿下の言葉を思い出した。

それは店も同じだ。店がなくなったら希望も何もない。とにかく今は踏ん張るしかない。


帰宅する電車は思ったよりも混んでいた。

座っている人も立っている人も、誰もが疲労の張り付いた顔でうつむいている。

思わず、「あなたの会社はどうですか。感染症の影響で大変ですか」と訊ねたい衝動に駆られた。もちろんそんなことはしないけれど、自分だけが大変ではないと安心したかった。

地元駅に着いたとたん、タイミングよくスマートフォンが鳴った。穂波さんだった。

私は走って改札を抜け、穂波さんの名前を繰り返した。

私はほとんど一気に、今日一日の出来事をまくしたてた。

不思議と、穂波さんの声を聞くと安心できて、思わず泣きそうになった。

まるで迷子の子供が、ようやく母親に会えた時のようだ。

穂波さんに話して、今になってようやく気づいた。

緊急事態宣言中、穂波さんは自分だけの店で、毎日こんな思いを味わっていたのだ。

私の話を聞いた後、穂波さんは静かに言った。

『そうだよ。待っていても、来てくれない。お店の横をどんどん人が通り過ぎていくの。まるで、私のお店なんて見えていないみたい。傷つくよね、世の中から、必要とされていないって思い知らされるのは』

「地下の食品フロアはすごい人でした。母親が買って帰ったたくさんのお菓子やお惣菜を、子供やダンナさんが大喜びで『うまい、この味は家では出せないね』なんて言いながら食べるんです。悔しいです。それって、レストランの役割だったじゃないですか。そういうお客様の言葉や笑顔が、私たちにとって何よりのご褒美だったのに」

『私だって悔しい。毎日、お客さんのために仕込んだ料理を、けっきょく自分で食べている。こんなに美味しいのにって、涙が出る。このままどんどん飲食店が忘れ去られて、必要のないものになっちゃったらどうしようって、毎晩それればっかり考えている』

　できることなら、いますぐ穂波さんのところに行きたいと思った。

　二人で泣いて、体中に溢れる悔しさや不安や、何に対してかはっきりとしない怒りを、涙にしてすべて体の外に押し流してしまいたかった。

　ぐずぐずと洟(はな)をすすり、ふいに思い出した。

「さっき、皆見がまた美味しいビールを飲もうって言ったんです。覚えています？　売上が二百万を超えた時のこと」

『忘れるわけがないじゃない。あんなに楽しかったこと』

　その時は、いつ果てるとも知れないお客様の列が恐ろしかったし、疲れ切った。

　しかし、今振り返ってみれば、すべては楽しいの一言に凝縮される。

　ならば、いつかは、今のことも、何らかの言葉で振り返る日がくるのだろうか。

「また、あの時みたいに三人で美味しいビールが飲みたいです！　飲めますよね、絶対に」

『絶対に飲める。皆見にも言っておいてよ、三人で、祝杯を上げるぞって』

　そうだ。必ずこの難局を乗り越えて、また乾杯するのだ。

　それから、穂波さんも思い出したように付け加えた。

『あれから、お店のＳＮＳも頻繁に更新するようにしたの。テイクアウトのメニューとか、店内の状況とか。そしたらね、応援してますって。この前のメッセージ、やっぱり嫌がらせではなかったのかな。たった一言でも、すごく励まされた。私のお店が忘れ去られたんじゃないって、ちょっと救われたんだ』

スマートフォンの向こうで、穂波さんも洟をすすった。

第三章　第三の波

世の中の状況は好転しなくても、確実に季節だけは巡ってくる。

七月も半ばを過ぎ、店内にお子様連れの座るテーブルが増えたことで、そういえば、もう夏休みなのだと気づかされた。

政府による、旅行に補助金が出る制度のおかげで、観光地には徐々に旅行客が増えているというが、感染者数の下がり切らない東京では見送られたままだ。これでは、東京に暮らす人々はなおさら狭い東京に押し込められてしまうのではないか。暑さが厳しくなるにしたがい、マスクをしながらの生活もますます煩わしく感じられ、私はそっと吐息をもらす。

そのせいかもしれない。地方への旅行や帰省を諦めた家族連れのお客様が増えた分、客数は増加へと転じたが、客層が変化し、店の雰囲気もがらりと変わってしまった。

ランチタイムの終わった店内を眺め、皆見が大きなため息をついた。

「荒れ放題だな」

「うん。明らかに、お客様のマナーが悪くなったね」

ランチタイムの終了といっても、今はもう十六時に近く、ランチメニューのラストオーダーは十四時だから、これまでならばとっくに落ち着いている時間である。

つまり、ランチタイムに来店したご家族連れが、ダラダラといつまでも席を立たなかったということなのだ。周りのテーブルがそうなのだから、自分たちもという心理なのか、どのテーブルも滞在時間が長く、夕方が近くなり、一組が席を立てば、我も我もと競うようにお会計に行列ができた。そのため、急に店内はがらんとして、どこのテーブルから片付けるべきかと、思わず立ち尽くしてしまう。

たまたまレジにいたのは真中さんで、列を成したお客様にきっと焦っていることだろう。私と皆見は、彼女が会計ミスをしないことを願いながら、さっそくトレイを持って手近なテーブルから片付け始める。もうウエイティングはおらず、こんな時は二人で一か所ずつ、確実に終わらせるほうが効率がいい。

さっき皆見が口にした通り、まさにどのテーブルも荒れ放題だった。テーブルの上は食べ散らかされ、床もこぼれたジュースが水たまりを作り、お子様用のスプーンやフォークが散らばっている。椅子やテーブルにはトマトソースの手形が残り、ひとテーブル片付けるのにもいつもの倍以上の時間がかかる。

家に閉じこもる時間が増え、どれだけ鬱屈した思いを抱えているのかは何となく想像できる。しかし、最低限のマナーというものがあるのではないか。自分で後片付けをしなくていいから、何をしてもいいというわけではないのだ。

おまけに、とっくに食事は終えているのに、テーブルで子供に宿題をさせている親までいるのだ。ほかに行き場がないからと、家で過ごす時間の延長として店を使っているようだった。

「夏休みが終わるまで、毎日こんな感じなのかな」

「かもな。でも、お客様として来ていただいている以上、歓迎するより仕方ない。実際、ランチで利用する近隣の会社員より売上には貢献してくれている」

マルコのパスタランチは、ドリンクとサラダ付きで千五百円。けっして安くはないが、ちょっと贅沢なランチとして使ってくれる会社員も多い。しかし、家族連れはアラカルトでパスタやピザをオーダーしてくれるので、ランチタイムのテーブル単価としてはぐっと上がる。それを言われたらどうにもならない。

翌日も同じような状況で、私と皆見は頭を抱えた。すっかり家に飽きた子供たちは、いつもとは違う状況でのランチにはしゃぎ、マスクをはずした状態で大声を上げる。若い親たちも、それを咎(とが)めることはない。

食事を終えてもやはりいつまでも席を立とうとはせず、子供たちは飽きて、勝手に店内を歩き回り、親はスマートフォンを覗き込んだまま、まったく無関心なのである。

これでは、常連のお客様に申し訳ない。いつもの落ち着いた雰囲気での食事とはまったく違ってしまっている。

マルコでは、制限時間を設けていない。駅ビルの上という立地、学生や若者にはやや高価な価格帯で、制限時間などなくても、極端な長居などこれまでなかったのだ。

恐れていたことは、何日もしないうちに起きた。品のいい常連様は、「夏休みが終わるまで、ちょっとマルコのピザは我慢することにするわ」とやんわりと苦情を漏らし、中には、「ちょっと、あのテーブルうるさいから注意してよ」とはっきりおっしゃるお客様もいた。さすがに、私たちもマナーの悪いテーブルをそのままにすることはできなくなった。そういう場合は、角が立たないよう、店長の皆見に注意してもらうようにしていたが、それは、けっして店内だけの問題ではなかったのだ。

「店長、すみません。ちょっと来てください。お客様が呼んでいます」

ランチタイムもピークを過ぎ、少し落ち着いた頃だった。

店頭に近いピザ場にオーダーを通しに行った真中さんが、ウエイティングをしているお客様に呼び止められたのだ。

ちょっと嫌な予感がした。ありがたいことに、夏休みになってランチタイムだけはウエイティングができるようになったのだが、家族連れの滞在時間が長い分、いつまでもお待たせしてしまう。

「皆見、先頭のお客様、けっこう待っているもん。お怒りかもしれないよ」

「はい。ちょっと怖い感じで、店長を呼んでって言われました」

皆見は一瞬怯えたような顔をしたが、店長としての責任感だけは誰よりも強い。すぐに表情を引き締めて、店頭へと向かった。

私は食器をバックヤードに下げながら、さりげなく店頭でのやりとりを見守った。

真中さんが言っていた通り、先頭の椅子に座った女性はかなりお怒りの様子で、皆見が「何かございましたか」と出ていくと、立ち上がって、私のところにまで聞こえる声で食って掛かった。

「さんざん待たされたけど、もう帰るわ。何なのよ。形ばかり、テーブルには仕切板を置いているけど、家族連れは大声で話をしているし、マスクもしない子供がウロウロしているじゃない。とてもじゃないけど、こんなお店入りたくないわ」

皆見は頭を下げるしかない。それでも気持ちは収まらないようで、店頭に貼られた、東京都の「感染拡大防止中」や「感染対策徹底店舗」などのステッカーを示しながら、「しっかりやりなさいよ。こんなやり方でも、どうせ給付金ももらっているんでしょう?」となおも激しく言い募る。

いつの間にか、彼女の後ろに並んでいた数組のお客様は席を立っていなくなってしまっていた。それでも、店内はなおも賑やかで、店頭に近いテーブルだけが興味深そうに様子を眺めている。

その中の一人が、私をそっと手招きした。「店長さん、大丈夫？　あなたも行ったほうがいいわよ。こういうのはね、相手の言い分をしっかり聞くことが何よりも大事なの」

常連様である。確か歌舞伎町のクラブのママで、店内が騒がしくなってからも変わらずに来店してくれていた。

私が加わって、火に油を注ぐようなことになってはと考えなくもなかったが、頭を下げ続ける皆見では、いつになっても事態を収束できそうもない。

それに、確かにこれでは感染の拡大を防止しているとは言えない。彼女の言い分を聞いているうちに、店として、もっとやるべきことがあったのではないかと思えたのも事実だった。

「大変申し訳ありませんでした」

私が皆見の横に並んで深々と頭を下げると、ちょっと気勢を削がれたように、女性が一呼吸ついた。隣にいたお連れ様が「もうやめなよ」と声をかける。どうやら娘さんのようだ。

「お客様のおっしゃる通りです。どのように改善できるか、これから店長ともしっかり相談していきます」

皆見は深々と頭を下げたままだ。

娘にたしなめられたせいか、すでに思いのたけを吐き出したせいか、ようやく女性はこわばっていた表情を和らげた。

どうやら、彼女はついこの前まで、感染症の治療に当たる区内の病院で看護師をしていたようだ。あまりの過重労働に体調を崩し、家族からも懇願されて、退職を決意したという。心身ともに疲れ果てた母親を気遣い、気分転換にと、長らく我慢していた外食をしようと誘ったのは娘さんだった。これまでも、新宿を訪れる時は必ずと言っていいほど、マルコで食事をしてくれていたそうで、今日も久しぶりのピザを楽しみにして、足を運んでくれたのだ。

「せっかく来たのに、残念だわ」

けっきょく、そのままお二人は食事をせずに帰ってしまった。私と皆見は、いっそう頭を低くして、彼女たちの姿が見えなくなるまで見送った。申し訳ない気持ちでいっぱいだった。私たちは、お客様の期待を裏切ってしまったのだ。

その夜、駅ビルのレストラン営業部からもマルコにクレームが入ったと知らされた。よっぽどお怒りが激しかったのだ。こうなると、会社レベルでクレームは収まらず、すっかり大ごとになってしまった。

長々と電話で夏目マネージャーに顛末を報告した皆見は、ますます疲れ切った顔で呟いた。

「店の責任って、何だろうな。お客様に対して、どこまで意見できるんだろう。静かにしてほしいと注意すれば、今度はそれがクレームになるかもしれない。今は、店よりもお客様の良識が問われているんじゃないのか」

「これまでレストランは、食事を楽しめる場所であればよかったのに、今は安心して食事ができる場所でなくちゃいけないんだもんね。でも、せっかく来てくれたお客様をがっかりさせて、嫌な気持ちにさせてしまったことは確かだもん。せめて食事が終わったらマスク着用だけは徹底させないといけないね」

その難しさを噛みしめながら、私は皆見を慰めた。


レストランって、いったい、何だろう。

クレームがあってから、私はますます考えてしまう。

日々の糧は、私たちが生きていくために必要なものだ。だから、レストランで働く私は、自分の仕事はなくてはならないものだと信じて疑わなかった。

けれど、食事など、どこでしても同じなのだと気づかされた。

基本は家。自分で作るのに飽きたら、コンビニでもスーパーでも、テイクアウトに活路を見出そうとする飲食店でも、「生活必需品」として、どこにだって「食料」は溢れていて、たやすく手に入る。

しかし、そこに「サービス」が加わると、たちまち「なくても困らないもの」になる。つまり、不要不急。どうしても必要なものではなくなってしまう。

春先の緊急事態宣言中にも何度も考えた。

私は毎日家にいるというのに、スーパーやドラッグストアで働く人たちは、日々、たくさんのお客さんを迎え、忙しそうに働いていた。奮闘する医療従事者とともに、感染症に襲われた日本で、人々のために働いているんだなと羨ましかった。

では、飲食店は？　休業させられている私たちの仕事は、果たして人々の役に立っているといえるのだろうか？

不要なものだと思い知らされるたび、私は自分の体の一部が剝がれ落ちていくような気持ちになった。外食なんて、世の中が平和で、人々の気持ちにゆとりがある時にこそ、楽しむものなのかもしれない。特にレストランは。

お客様に、特別な時間と経験を。レストランで働く私たちは、誰かの幸せを陰で支える仕事に励んできた。人を喜ばせることが好きだからこそ、大半の人が休日の週末も、それこそ夏休みも年末年始も休みなく働いてきた。

夫だった人に言われたことがある。

「六花もカレンダー通りの休みならよかったのにな。これじゃあ、一緒に旅行にも行けやしない」

悲しかった。でも、自分の大切なものを少しずつ犠牲にしながらも、レストランでの仕事を続けてきたのは、やっぱり好きだったからだ。

自分の行動によって、お客様が幸せになる。そんな仕事はほかにもいっぱいあると思うけれど、その中でも人々にとって、一番簡単に手に入る幸せが「外食」だという思いは今も変わらない。

子供の頃、両親が時々、近所の中華料理屋に連れていってくれた。そこで食べる、一杯五百円のラーメンが大好きだった。たまには五目焼きそばとか、麻婆豆腐の定食とか、ほかのお料理も食べてみればと言われたけれど、私は決まってこのラーメンだった。

べつに我が家の家計を心配したわけではない。純粋なラーメンの美味しさ。熱々のスープで温まる体。お腹いっぱいになって笑う私を嬉しそうに眺める両親。ちょっとべたつくテーブルを囲み、家の食卓とは違う会話を交わす家族。

私は、たった五百円でいろいろなものが満たされる喜びを知った。それは、子供にとって何ものにも代えがたい経験だった。

食事を終えたあと、「美味しかったね」と両親と手をつないで家路につくのも大好きだった。たとえ真冬でも、心も体もポカポカしていた。きっとあれを「幸せ」というのだ。

「カジュアルイタリアン・マルコ」では、五百円でお客様をそんな気持ちにさせることはできないけれど、その分、サービスをする私たちスタッフがいる。

食事をもっと楽しんでいただくために、料理の説明をし、一緒になってコースを考え、大きなピザのお皿を片手で高く掲げて、まるでパフォーマンスのように運んで驚かせる。

テーブルサイドで切り分ける時は、近くのテーブルの方々まで私たちの手元や、柔らかく糸を引くチーズに注目し、追加オーダーが入ることも少なくなかった。

スタッフはそのために知識を身につけ、お客様に料理以外のものもたっぷりと提供してきた。

それなのに、今は料理のほかは、ほぼすべてが否定されている。必要以上の会話はせず、触れれば嫌がられ、できる限り近づくこともしない。

これまで、お客様のためだと信じてきたことは、いったい何だったのだろうか。今の私は、どういうふうに接することが正解なのか、さっぱり分からなくなってしまっていた。

「どうした、難しい顔して」

皆見の声にはっと我に返った。バックヤードの奥の狭い事務所で、頬杖をついて物思いにふけっていた私は、目の前に差し出されたカップを反射的に受け取った。イタリアンブレンドの濃いコーヒーの香りに、たちまち意識がクリアになる。

「皆見も休憩？」

「びっくりするくらい、見事なアイドルタイムだ」

アイドルタイムとは、ランチタイムが終わり、ディナータイムが始まるまでのお客様が少ない時間帯のことを指す。このタイミングで、私たちはスタッフの休憩を回したり、ディナータイムの準備をしたりする。

先日のクレーム以来、駅ビルからも明らかな改善策を求められ、ランチタイムに限り一時間半の時間制限を設け、大声を出すお客様には注意を促すようになった。そのためか、家族連れがすっかり減ってしまったのだ。売上的には痛手だが、ほっとしたのも確かである。

「ちょっと前までは、私たちが同時に休憩なんて、まずなかったよね」

「だな」

皆見も壁に立てかけてあった折りたたみ椅子を引き寄せ、私の隣に座った。

お互いにマスクをずらし、しばし、無言でコーヒーをする。

今年は海外からのお客様がすっかり消えたのも痛手だった。新宿店に限らず、マルコのピザは、本場ナポリの味のようだと、イタリアのほか、海外の方々もよく訪れてくれていたのだ。

「何を考えていたんだ」

「こんな状況だもん。いろいろ考えちゃうよ。自己満足だったのかな、とか」

「自己満足？」

「うん。主役はお客様で、私たちはお客様の時間を輝かせるために、陰で奔走する役割だって思ってきた。でも、今は全然求められていない。けっきょく、奔走する自分も主役になりたかったんだなってさ。お客様のために頑張る自分に満足したかっただけなのかもしれないな」

「当然だろ。だって、俺たちにとっては仕事なんだし。きれいごとやボランティアでやっているわけではない。サービスを提供し、対価をもらっているんだから」

「それはそうだけど、皆見だって、やりがいがあったでしょ？　それがなきゃ、こんな仕事キツイだけだもん」

本当は、ずいぶん前から皆見と思う存分話がしたかった。けれど、今では「仕事の後、ちょっと飲んでいこうよ」なんてことは一切できない。

「当たり前だ。だけどさ、今の俺たちは、やりがいなんて言っていられる立場じゃないんだよ。どうやって、今を耐えて生き延びるか。それだけだ。とにかく、店をなくすわけにはいかない。世の中がよくなった時に、店がなくなっていたら意味がないからな。何が何でも売上がほしい。でも、肝心のお客様がいない。だったら、どうする？　経費を削減するしかない。今の東京の状況で、集客の方法を考えるよりも、そっちのほうが確実で、よっぽど手っ取り早いと思わないか」

いつもはまどろっこしい皆見が、珍しくきっぱりと言う。きっと、振るわない日々の営業に頭を悩ませながら、ずっと考えてきたのではないかと思う。

「やりがいは、贅沢かぁ……。でもさ、けっきょく、営業しているから経費もかかるわけでしょう？　家賃も高いし、人件費、材料や光熱費、この春からは、消毒用アルコールとか、店頭の体温計とか、これまで以上によけいなものも増えたしね」

「そう、そうなんだ」

皆見がチラリと私を見て、ようやく気がついた。私はカップを持って立ち上がる。

「私、鈍感だった。ごめん。今日はもう上がるよ。夕方から、夜のバイトの子が来るから平気だよね」

そのまま洗い場にカップを置き、タイムカードを押して事務所を出た。

後ろで皆見の声が聞こえたが、振り返らなかった。

本当に、私はどこまで鈍感だったのだろう。客数も売上も激減した今、もっとも切り詰めなければならないのは人件費だ。そんなことくらい、よく分かっていたはずだ。私は社員ですらないのに、心の中ではまだ皆見と対等なつもりで、自分が店を引っ張らなくてはと思ってしまっていた。

皆見は、私を持て余していたのではないか。同期の私に気を遣いながらも、とうとうさっきの話を切り出したのだ。皆見にとって、どれだけ勇気が必要だっただろう。もちろん、新宿店に長い私がいれば安心というのもあるだろうが、売上が激減した今では、バイトのシフトを削り、社員ですら早上がりをしている。私ばかりが働いていいはずはない。

いつから、私は自分のことしか考えられなくなっていたのだろう。バックヤードの女子更衣室で着替えながら、ふと頭に浮かんだのは、先日のクレームのことだった。

誰も彼も、周りの人を気に掛ける余裕を失い、自分たちさえよければいいと思っている。感染症の流行が始まって以来、他人との接触を避けるようになったばかりに、ますますそれが顕著になった気がする。私は心の中では嫌だと思いながら、いつのまにか自分もそうなってしまっていたのだ。これでは、あの家族連れと変わらない。

皆見は店長だ。店のことだけではなく、会社のことも考え、たとえ納得できなくても、上からの指示には従わなくてはならない。けれど、皆見は意外と情に篤い。一緒に働いてきたスタッフに、理不尽な指示を伝えられないのは容易に想像できる。

ここ最近、一人でずいぶん早くからレジ締めの準備を始め、タイムカードもほかのスタッフよりずっと前に押していたことに気づいていたというのに、私は何ひとつ協力してあげられなかったのだ。皆見だって、家に帰れば一児の父である。店長に昇格した時、あれほどやる気に溢れていたというのに、今はやる気を発揮する場も与えられず、逆にわが身を削っている。

何だか、皆見との距離が急に離れてしまった気がした。以前は、考えていることは何でもお見通しだったというのに。

急に、途方もない孤独感に襲われた。

早退して、その分の時給がなくなることなど何の問題でもなかった。ただ、誰かと思う存分話がしたかった。しかし、共通の問題を抱える皆見さえ、おそらく、今の私とは同じ考えではない。守るべきものがそれぞれ違うから当然のことだ。

まっすぐ帰る気になれず、屋上に出た。ポケットからスマートフォンを引っ張り出す。無意識に探していたのは、母親の番号だった。穂波さんのことが頭をよぎらなくもなかったが、彼女は私よりももっと苦しい思いをしているかもしれない。

べつに、意見やアドバイスなど求めていない。ただ、私の悩みや苦しみ、どれだけ孤独感を味わっているかを聞いてくれる相手がほしかったのだ。

『六花？ どうしたの、珍しい』

母はすぐに出た。

「久しぶり。元気？」

『お父さんも元気よ。いきなり六花から電話してくるなんて、ドキッとしちゃうじゃない』

思えば、ずいぶん久しぶりの電話だった。

「大丈夫、感染にはしっかり気をつけているし。でも、仕事はサッパリだよ。全然お客さんが来てくれない……」

『こんな時も働いているの？　お店は休みにならないの？』

父は地方公務員だったがすでに定年退職し、母は専業主婦だった。おまけにずっと地方で暮らしているから、東京での生活も、飲食業の仕事も昔からあまり理解していない。

「さすがに緊急事態宣言の時みたいに、全部休みになんてならないよ。だって、会社だって、お店を営業しないことには潰れちゃうもの」

『でもねぇ……。ニュース見るたびに、お父さんと心配しているのよ、六花は大丈夫かって。東京は怖いわねって……』

何となくヒヤリとする。山形の庄内地方、田んぼに囲まれた一軒家に暮らす両親にとって、今の東京の状況はすっかり他人事で、自分たちは安全地帯にいると信じて疑わない。そんな口調だった。なぜか、お腹の奥のほうで突如こみ上げた、怒りのような感情に自分でも戸惑った。

「怖くないと言えば嘘になるけど、でも、私は東京で暮らして、働いているの。レストランなんだから、お客さんと接するのは当たり前でしょ。それに、家にこもっていたら、かえって頭がおかしくなっちゃうよ」

毎日、父親とだけ話をしていればいい母親とは違うのだ。

『そうよねぇ、あなた、一人なんだから、よけいに気をつけなさいよ。こんな時、始さんがいたらよかったのにねぇ。始さんなら、ほら、きっと今流行りのリモートワークで、会社になんか行かなくたって、仕事に困らないでしょう。そしたら、六花だって無理してお店に行かなくても済んだのにねぇ』

いきなり、母の口から夫だった人の名前が出て、私は唖然とする。

「やめてよ、べつに、仕事は嫌じゃないもの。私、レストランが好きなんだから」

夫だった人は、システム関係の仕事をしていた。きっと今は、まさに在宅勤務をしているに違いない。もちろん、母が夫だった人の仕事内容まで詳しく知るはずはなく、会社員ならたいていが自宅での仕事に切り替えていると思い込んでいるのだ。遠いところにいる母は、何も分かっていない。軽い失望感のようなものが広がっていく。

「……お母さん、そっちが羨ましいよ」

何気なく出た言葉だった。人間関係、ぎすぎすした他人との距離感、都会はいろんなものが近すぎて、時々ちょっと息が切れそうになる。特に、今の世の中では。

『ダメよ、六花。今は絶対に帰ってこないでね。こっちだって困っちゃうわ』

びっくりするくらいすぐに返ってきた母の言葉に愕然とした。

感染症の渦中にある東京から、まさか本当に帰省できるなど考えるはずもない。

必死な母の声からは、自分と父親を守り、田舎の狭い人間関係の中での風評を恐れる気配がはっきりと感じられた。

遠い。山形と東京という距離の問題だけでなく、心まで遠く離れてしまっている。

コロナ禍で、離れた家族と会えないからと、テレビ電話でやりとりをしているなんて人も多いらしいが、三十代のバツイチの娘と、六十代後半の両親。孫がいるわけでもなく、いったいどんな会話をするのかと、私はまったく関心がなかった。

私はきっと、自分のことだけで精いっぱいの冷たい娘だったのだ。こうなってしまったのも自分のせいだと、半ば諦めの気持ちで小さく息をつく。

「帰る気はないから安心して。私だって、自分のせいで親を感染させて死なせたなんて嫌だもの。ああ、もう店に戻らなきゃ。じゃあ、またね」

つい嫌味を言い、最後は適当な言い訳をして電話を切った。体の奥のほうで渦巻く怒りのようなものは収まる気配を見せず、しばらくは茫然と、夕方になっても衰えない陽ざしに焼かれる新宿の街を見下ろしていた。

唐突に、近くに安らぎがほしいと強く思った。母の口から聞かされた、夫だった人の名前。隣に眠る体温を感じるだけで何も怖いものなどないと思えたあの頃が、急に懐かしくてたまらなくなった。

私はそのまま中央線に乗って、吉祥寺を目指した。

穂波さんに会うのは五月以来、およそ三か月ぶりだ。カフェは相変わらず薄暗く、大きく開け放ったテラス席には、蚊取り線香が焚かれ、店に似つかわしくない、どこか懐かしい香りを漂わせていた。

しばらくテラスの前に立って、ぼんやりと店内を眺めた。中途半端な時間だから当然かもしれないが、どうやらお客様はいない。今のご時世、食事は仕方がないとしても、住宅街のカフェでお茶などという気分にはならないのだろう。

私に気づいたのか、薄暗い中で人影が動き、穂波さんが玄関から顔を出した。白いTシャツにエプロンというカジュアルなスタイルがよく似合っていた。

「やっぱり、六花だ」

穂波さんは嬉しそうに私を迎え入れながら、「今日はお休みなの?」と訊いてくる。

「早く上がったんです。ウチも暇だから……」

「そっか、駅ビルでもそうなんだぁ」

穂波さんは納得したように頷き、前と同じテーブルに私を座らせた。テラス側の戸が開いているせいもあるが、店内の冷房はあまり利いておらず、どっと汗が吹き出す。

「夕方になったら、テラスの電飾を点けるの。暑いけど、外のほうが気兼ねないって、会社帰りの人がビール飲んでいってくれるよ。まぁ、ちょっと食べて、すぐに帰っちゃうけどね。昼間もテラス席のほうが人気かな。だからね、冷たいドリンクとか、ジェラートとか、メニューを増やしたの。井の頭公園も近いから、散歩がてらに買ってくれる人もいる。ホント、微々たるものの積み重ねだよ。それでも、ないよりは全然マシ」

私の前に穂波さんがビールを置いてくれる。正直を言うと、まったく飲みたい気分ではなかったけれど、喉が渇いていたので口をつけた。よく冷えたビールは、飲み始めたら止まらなくて、一気に半分もグラスを空けてしまった。今日は中途半端にしか働いていないのに、何をしているんだろうと思ってしまう。

「いい飲みっぷり」

穂波さんが笑い、私も曖昧に笑う。以前なら、こういう時こそビールだった。やっぱり来てよかったと思い、あらためて店内を見回した。

「相変わらずですか」

「まぁ、そうね。この夏も感染者が増えたし、秋、冬にはもっと増えるかもって言われている。なかなか簡単には終わらないのかもね。いつまで続くのか考えると不安だけど、やっぱり何もやらないよりは、やっているほうがいい」

穂波さんは困った顔をして笑った。

「私なんて、ここを休んじゃったら、それこそやることないもの。まぁ、スーパーでレジ打ちのバイトとかも考えたこともあるけどね。でも、ここを閉めてまでバイトして、いったい何の意味があるのって」

店頭のレジの横には、椅子を外したテーブルが置かれていた。上には手提げ袋などの包材が置かれている。

「あれ？ お昼はランチボックスを売っているの。フォカッチャと、お惣菜の詰め合わせ。ショートパスタとか、イタリアンオムレツとか、カポナータとかね。けっきょく、買ってくれるのは同じ人ばかりだから、六花と考えたサンドイッチも飽きちゃったかなって。あとはね、最近はニョッキに力を入れてる」

「ニョッキ？」

「うん。家庭ではほとんど作らないでしょ。でも、お餅とか、韓国のトッポギとか、日本人ってああいうモチモチした食感、好きじゃない？ ポテトニョッキ、わりと人気あるよ。家で温め直しても、パスタみたいに食感が変わらないし」

「へぇ、ニョッキか。いいアイディアですね」

「練り込むものによって色も変わるし、ソースを変えればバラエティーも増えるしね。せっかくだから食べてみる？」

「はい、ぜひ」

しばらくして、テーブルに置かれたのは、濃厚なチーズの香り漂うクリームソースのニョッキだった。ソースの白と、ホウレンソウを練り込んだグリーンのニョッキは見た目も鮮やかだ。

「六花だから、ゴルゴンゾーラのチーズソース。飲みたくなるでしょう？　ホントは、夏っぽくレモンのクリームソースで出しているよ。これは特別」

私のための特別。こういうのって、嬉しいなと思う。さっきまでの飲みたくない気分は完全に吹き飛び、白ワインをグラスでお願いした。勢いで飲んだビールですっかりタガが外れ、やけくその気分だった。この先の収入に不安はあるが、春先から仕事以外の外出もせず、それなりに切り詰めている。今日だけは自分を許そうという気分になった。

ニョッキを食べるのは久しぶりだ。くにっとした柔らかな食感は、ひとつ食べるとまた次のひとつを口に入れずにはいられないほど後を引く。くせのある濃厚なチーズソースと砕いたクルミ、そして、粗挽き(あらび)きの黒コショウ。その余韻を、よく冷えた辛口の白ワインがいっそう深めてくれる。

「ニョッキ、最高！」

「でしょう。チーズソース、夏はちょっと暑苦しいけど、冬場は絶対にいいよね。秋になったら、カボチャやサツマイモ、栗のニョッキも考えているの。主食にも、おつまみにもなるし、お子さんだって、きっと好きだと思う」

一人の時、無心でニョッキをこね、丸め、形を整えているのがいいのだという。この際、ちょっと手のかかる料理をやってみようと思ったのは、雑念を追い払いたかったたからかも、と穂波さんは笑った。時間だけはいくらでもある。

そういえば、もともと穂波さんは、パスタも手打ちでやりたいと言っていた。マルコのように常に忙しい店では、仕込みに時間がかかるものは許されなかった。何よりも量が必要になる。メイン商品であるピザ生地の仕込みは、完全にキッチンのほかのポジションとは独立して行われている。

「でもさ、絶対に世の中はよくなるよ。まだ東京はダメだけど、地方では旅行している人だってたくさんいるんだから。きっともう少しの辛抱だって」

「そうですね。穂波さんとも、早く美味しいもの食べに行きたいなぁ」

「会うたびに、その話しているよね、私たち」

穂波さんが吹き出した。そうかもしれない。でも、先の楽しみを思い描くしか、今の暗闇を渡っていくすべも、原動力もない。

「とにかく、感染症が早く収束してくれるのを祈るしかない。そうでないと、何のために私たちが店を休んだり、営業時間を短くしたりしているか分からないもの。飲食店が悪いわけじゃないのになぁ」

そこで、ふと、昼間の皆見の言葉を思い出した。

『今の俺たちは、やりがいなんて言っていられる立場じゃないんだよ。どうやって、今を耐えて生き延びるか。それだけだ。とにかく、店をなくすわけにはいかない』

ショックだったし、確かにそうだと思ったから、かなりはっきりと心に刻まれている。

「皆見、こんなこと言うんですよ。会社の経営状況が厳しいことを、私よりもずっと知っているんでしょうね。ちょっと怖くなったし、悲しくなりました」

私たちが悪いわけじゃない。なのに、耐え忍ばなくてはならない。

理不尽な思いに、体の中が熱くなる。

「もしかして、それで早退したの？」

穂波さんが笑い、私は小さく頷いた。

穂波さんはすぐに口元を引き締め、ため息をついた。

「私も、店を持つ身としてはまったく同感だよ。でも、皆見、大丈夫かな。いつも目の前のことしか見ていないじゃない？　店、会社、奥さんと子供。考えなきゃいけないことがいくつもあると、昔から潰れる性格だったよね。あいつ、本当はすっごく気が小さいから」

「ですよね。皆見の立場も分かるけど、自分では何ひとつ決められないのに、時々、口ばかり偉そうなことを言うんです。そのくせ不安になると、すぐにかわいい動物の動画を見るんですよ。いい年して！」

「何それ！」

穂波さんは吹き出した後、目を細めて私を見つめた。「本当は、六花のほうがずっと店長に向いていると思うんだよね。でも、さっさと会社辞めちゃうんだもん」

「あの時は、それでいいって思ったんですよ。仕事は好きだけど、なんか、年をとってからも、夜中までずっと店を走り回っているのかと思ったら、ちょっとぞっとして。結婚したんだから、少しは楽をしてもいいのかなって思っちゃったんですよね。もちろん、順調にいっていたら、今頃は皆見みたいに子供もいて、家のことだけで精いっぱいになっていたのかもしれないけど」

「それでも、始さんとはうまくいかなかったねぇ……」

夫だった人とは、マルコの広尾店で知り合った。

常連客の結婚を祝う食事会が広尾店を貸し切って行われ、私はヘルプに呼ばれていた。ほとんどがワインを注いで回るだけの役割だった。

夫だった人は、新婦の友人として出席していた。少し飲みすぎて休んでいた彼を、私がお水や冷たいおしぼりを運んで、かいがいしく介抱したのだ。

もちろん他意はない。店のスタッフとして当然のことだったし、ヘルプに来た立場で、特に重要な役割を任されていたわけではないから手が空いていた。それに、せっかくの友人の祝いの席で、無様な姿をさらしてしまった彼を、気の毒に思ってしまった。

酔っていた彼は、実は新婦のことが昔から好きだったのだとポロリと言った。気持ちを伝えられないうちに、彼女にはいつの間にか恋人ができ、結婚が決まった。

彼女はずっと思い続けた自分の気持ちなど知ることもなく、この先も友人として接するだろう。心から祝福してくれていると信じ、そのうちに子供が生まれたら、喜んで報告してくれるに違いない。彼女によく似た赤ん坊を、抱いてとせがまれるかもしれない。それを思うと悲しくて、自分がふがいなくて、幸せそうな彼女のドレス姿を見ているうちに、つい飲みすぎてしまったのだと、彼は語った。唇の端っこは笑っていたが、目じりには涙が浮かんでいた。

初対面の私にそんなことまでペラペラ話して聞かせる彼に驚きつつも、正直なところ、私の頭には、話の内容などほとんど入ってきていなかった。なぜなら、最初は真っ赤だった彼の顔が、途中からみるみる青白くなっていくのが不安でたまらず、目が離せなかったのである。それを彼は、何て真摯に話を聞いてくれる相手なのかと思ったらしい。

それが、夫だった人との出会いだった。

彼はその後、私に会いに広尾店を訪れた。醜態をさらしたことを恥じ、ひとことお礼を言いたいと、素面（しらふ）の彼は至極律儀な男性だった。

私が普段は別の店にいることを教えられ、その足で新宿店を訪ねてきたのだ。

その後もたびたび店に通ってくるものだから、穂波さんも、皆見も、彼のことをすぐに覚えた。私が付き合い始めたと知らせた時、皆見は「弱っている時の男って、ほだされやすいものなんだよな」と言った。そういう皆見は、会社の昇進試験に落ちた時、ふてくされて飲みに行ったバーで、奥さんとなる女性と出会ったのだ。

「始さん、どうしているんだろうね」

「さあ」

「連絡とったりしない？」

「うん。もう他人です。友達に戻るとか、そういうのもなかったな」

「何事もなかったように生きているね、今の六花は」

「けっきょく、合わなかったんですよね。飲食業と会社員じゃ、生活スタイルが違いすぎて。ウチの店で知り合ったし、そういうのも理解ある人だと思ったんですけど」

「そのつもりでも、やっぱり寂しくなっちゃったんだよ。新婚なのに、休日が全然かぶらないんだもん」

　穂波さんに言われ、やっぱりそういうものなのかな、と思った。

　私はパートになったのだから、土日に休むことはもちろん可能だった。でも、週末の忙しさや、バイトを確保するのにどれほど苦労するかを知っていたから、休もうとしなかったのだ。代わりに、夫だった人が会社に行っている平日に休んで、せっせと家事をしたり、用事を済ませたりした。私は特に寂しいとは思わなかった。夜、同じ家で眠る。それだけで幸せだと思ったからだ。

　大きなケンカをしたわけでもない。いつからかお互いに口数が減ってきて、「夫婦でいる意味あるのかな」みたいな話になった。私は、お店を辞めてまで彼についていきたいとは思えなかった。どちらも手放したくないと思ったけれど、彼はどちらかを選んでほしいと言った。そしたら、急に彼への気持ちが冷めた。こんな人だったかな、と思った。

「社員を辞めて、パートになったじゃない」と言ってみたけれど、「そういうことじゃないんだ」と言われた。おとなしいくせに、独占欲の強い人だったのだと初めて知った。こんなだから、好きだった人の結婚式でうじうじと深酒したりするのだ。この時、ようやく本当の彼に気づいた気がした。私のほうも、一方的に好かれて、浮かれていたのだと思う。あの頃は、皆見と先を競っていた感もある。愚かだった。

「きっとあの人は、性質の悪い女にひっかかったって思っているでしょうね。私も一度は結婚できたし、こんな感じだって分かったから、べつに後悔はしていないんです。ただ、緊急事態宣言みたいなことがあると、一人はやっぱり不安だなって。虫のいい話ですけど」

「今回は特別だよ。きっと、誰もがそう思っている。こんなに分断された世の中になっちゃうなんて。まぁ、六花には私がいるよ」

夫だった人は、時には私を思い出したりしているのだろうか。こんな世の中になり、私を案じてくれることもあるのだろうか。もしも今も一緒にいたら、どんなふうに今のコロナ禍を漕ぎ渡ろうとしていたのか。ぼんやり考えてみたが、少しも想像することができなかった。

夫婦でいたのは、たった二年間だ。たぶん、お互いのことを完全に理解できないまま、他人に戻ってしまった。もっと長く一緒にいれば、見えていなかった部分にも気づくことができたかもしれない。それ以前に、夫婦という、お互いに支え合う相手がいるということが、生きていく上で何よりも心強いことだったのではないか。でも、それを振り切ってしまったのは自分なのだ。

午後六時をまわり、ようやく陽が傾き始める。穂波さんはテラスに出て、柱や手すりに吊り下げられた照明を灯した。思いのほか、カラフルな光が目に飛び込んでくる。

「驚いた？　単色よりもインパクトがあってかわいいでしょう。なんかさ、気持ちだけでも明るくなりたいじゃない？　自分のお店だし、やりたい放題だよ。苦労ばっかりだけど、そこだけはいいかな」

チカチカと瞬く光に照らされ、穂波さんの表情も揺れて見えた。自分を励まし、がっかりし、それでもやる気を起こし、手探りで工夫をして、また自分を奮い立たせる。

今はそうやっていくしかないんだなと思う。きっと、皆見だって揺れている。

今日みたいなことでいちいち傷ついていたら、私だって今の世の中に耐えられなくなる。

支払いを済ませたら、お財布の中は小銭だけになった。

穂波さんは「いいよ」と言ってくれたけれど、少しでも売上に貢献したかった。私も余裕があるとは言えないが、今はまだ差し迫っているわけではない。ただ、この状況がいつまで続くか分からないから、穂波さんのカフェだけは特別だと、自分に言い聞かせた。


アパートに帰ると、集合ポストの前で大下さんに会った。

同じアパートに住んでいるというのに、顔を見るのはずいぶん久しぶりだ。

「お元気でしたか」

「おかげ様で。お仕事帰り？」

途中で店を飛び出したとはいえ、出勤したことに違いはないので「そうです」と答えた。

大下さんはちょっと目を細めて私を見た。

「私はねぇ、まだしばらく休みなの。だから、荒川の堤防まで散歩の日々よ」

しまったと思った。以前会った時は緊急事態宣言中だった。解除されてから、もう三か月は経つ。大下さんは、確か飯田橋の小料理屋でパートをしていたはずだ。

「もしかして、まだ休業しているんですか？　大っぴらにお酒も飲めない世の中ですから、小料理屋さんも厳しいんでしょうね。ウチも、特に夜なんてさっぱりです」

「私のところは個人経営だから。板前の社員が二人いるのよ。社長が板長で、奥さんが女将さん。それで手が足りちゃっているみたいね。ランチタイムに会社員がわっと来ることもないし、夜の会食もなくなっちゃったしね」

「まさか、解雇とかはないですよね？」

「今はね。でも、どうなっちゃうのかしら。娘の大学も授業がオンラインなのよ。だから、この狭いアパートにずっと二人でいるわけ。息が詰まっちゃうわよねぇ」

気さくな大下さんだが、何となく気まずい空気になる。

生活は大丈夫なのだろうか。娘さんのバイト先も居酒屋だったはずだ。ちゃんと休業補償は出ているのか。聞きたいけれど、もらえていなかったらますます気まずくなる。世間話で出すには、あまりにもデリケートな話題だ。

穂波さんに大下さん。私のいるマルコだって苦しいけれど、私は彼女たちに比べたら、ずっと恵まれた状況なのかもしれない。パートの立場に悔しい思いはしてきたけれど、不安を抱えるだけで、今のところ生活には何も支障はない。

急に大下さんが気の毒に思えて、部屋にあるお米だとか、インスタント食品だとかを、差し入れしたいような衝動に駆られる。しかし、やめた。大下さんに失礼だし、そう親しいわけでもない彼女の状況を、パートに行っていないということ以外は何ひとつ知らないのだ。

大下さんはポストを覗きに来ただけだったようで、投げ込まれていたチラシをくしゃりと握り、「またね」と自分の部屋に向かった。何となくほっとして、私も階段を上がった。

今日は一日でいろいろなことがあって、心も体もぐったりと疲れていた。

台所の流しで手洗いとうがいをして、ホッとしたところでスマートフォンが鳴った。

まだ何かあるのかと、うんざりして画面を見れば、皆見からだった。

一瞬、気づかなかったふりをしてやり過ごそうかと思ったが、明日も顔を合わせることを考え、しぶしぶ通話ボタンをタップする。

「お疲れ。何？　どうしたの？」

わざと明るい声で話しかける。

チラリと時計を見れば、午後八時。まだラストオーダーの前である。今夜も店はそれほど忙しくないということだ。店は真中さんか桐子さんにでも任せて、煙草を吸いに出たのかもしれない。皆見は絶対に家では吸わないから、毎晩、閉店する前に、隙を見てするりと店を抜け出す。においには徹底して気をつけているから、喫煙者だと知る者は少ない。

『昼間は気を遣わせて悪かったな。夜もたいしてお客様はいない。真中も早めに上げるつもりだ』

「だろうね、こんな時間に電話してくるんだもん。私こそごめん。パートのくせに、でしゃばっていたよね。きっとさ、会社にとって、古株のパートが一番扱いにくいんだろうね。自分の主張ばっかり通そうとして」

『……いや、俺、六花のことは頼りにしているし、実際助けられている。ただ、こんなことになって、パートとして線引きしなきゃいけないのが申し訳なくてさ……』

皆見のすまなそうな声に、私にまで気を遣うなよと、おかしいような、情けないような気になった。「私と皆見の仲じゃん」と笑うと、ホッとするような気配が伝わってきた。

『今日、やっとマネージャーと駅ビルから了解が取れたんだ。テイクアウトを大々的にやろうって。会社のほうも、これからはEC商品も開発して、顧客層を広げる方向に持っていくつもりらしい。売上が確保できれば、人件費だって使える。六花には、やっぱり店にいてほしい』

「今さら？　遅いよ、本社も駅ビルも」

『ごめん』

皆見が自分のことのように謝る。もっとも、皆見がどれほどこの件に積極的だったのかは分からない。しかし、私はずっとせっついてきたのだ。テイクアウト需要は絶対にある、お客さんが食べに来てくれないなら、テイクアウトを強化するしかないと。

『それから、秋から年末年始に向けて、駅ビルのほうでも販促イベントを強化していくそうだ。今日の店長会でスケジュールも発表された。けっきょく、物販のほうでも売上の落ち込みは大きいらしい。秋から冬は、何かとイベントシーズンだ。レストランフロアも便乗させてもらえる。まだまだお客様は少ないが、このところ、街の人出は以前よりも確実に増えてきている。今を逃すわけにはいかないって、どこも必死なんだ』

皆見の声で、今日の疲れがゆるゆると溶けていくような気がした。

私はぺたんと床に座り込んだ。

「今日ね、穂波さんの店に行ってきた。穂波さんも頑張っていたよ。やっぱりテイクアウトに力を入れていた。ランチボックスとか、ニョッキも人気があるって言っていたよ」

『ニョッキか。ここでも受けそうだな。ハロウィン商戦にかぶせて、カボチャを使うか』

「穂波さんも同じこと、言っていた」

あははと笑いが漏れた。

『ウチでは量が必要だから手作りは無理でも、ニョッキならいくらでも業務用が流通しているだろう。それくらい、工場で作ってくれてもよさそうだしな』

マルコは江東区に小さな自社工場を持っていて、トマトソースなどの簡単な仕込み品の製造をしたり、直輸入の食材を各店に仕分けて、配送の手配をしたりしている。

「既製品だと、ちょっと売り文句が弱いけど、メニューのバリエーションを増やすにはいいかもね。今はお客様も目新しいものに興味を示す傾向があるし。まずは、新宿店でやってみようよ」

やるべきことがはっきりしてくると、とたんに気力も湧いてくる。何をしていいか分からないから、前へ進めない。そして、そんな時はやっぱり相談相手が必要だと思う。私には、皆見であり、穂波さんもいる。同じ経験をしてきたからこそ理解し合えるし、それぞれ少しずつ考え方が違うからアイディアが出る。やっぱり一人はよくないなと思う。悶々としてしまうだけだ。

『俺は店も、スタッフも守りたい。パートも、アルバイトもだ。だから、売上を作り出すしかない』

「店長っぽいセリフ。模範的だなぁ」

口では茶化しながらも、初めて皆見を頼もしく感じた。

さっそく料理長にニョッキのことを話してみると言って、皆見は電話を切った。

目まぐるしい一日だった。私は床に座り込んだまま、夜になってもジワジワと鳴き続けている蟬の声をじっと聞いていた。

九月の後半になって、ようやくメニューにニョッキが加わった。

今までなかったメニューだけに、業者さんに相談してサンプルをもらい、どれを使うかを決め、試作をし、レシピを本社に提出して、マネージャーの許可をもらう。お客様にお渡しするメニューブックに加えるのに、さらに二日。

なりふり構っていられないくせに、会社組織はやっぱり時間がかかる。その点、穂波さんは身軽だなと思う。だからこそ、彼女は自分の店を持つことを目標としたのだろう。

寺田料理長は、様々なソースを提案し、季節のイベントも絡めて、カボチャや、ポルチーニ茸などを使ったメニューのスケジュールを組んでくれたが、新宿店では、さほど人気メニューとはならなかった。やはり既製品を使っていては、うたい文句が弱い。どうやっても、メイン商品であるピザに敵うはずはなかった。新メニューとして、パッと飛びつくお客様も中にはいるけれど、それだけなのだ。

会社としても力を入れてきたピザは強いとあらためて実感する。

私たちも、次第にいろいろな方向に手を出すよりも、看板商品を売り込むほうがいいのではないかと、心のどこかでは気づき始めていた。

世の中はすっかり秋の行楽シーズンを迎えている。

地方では紅葉が始まり、天気のいい日が続けば、これまで我慢してきただけあって、みんな出かけたくてうずうずしているのだ。政府の外食や旅行を推奨する政策のおかげもあって、街が活気を取り戻してきたことは確かだが、人々の中には疑うような思いも確実に存在していて、私は街中に漂う、どこか不穏な空気を感じ取っていた。

おまけに、会計時には、ポイントだクーポンだと、スマートフォンを見せるお客様が増えて、レジの業務が煩雑になった。集客にはつながっているのかもしれないけれど、明らかにそれが目当てだと分かると、うんざりした気分になった。

でも今は、この一組数千円のお客様が会社にとって必要なのだ。そう思いながら、突如始まった、よく分からないクーポンやポイントの処理をひたすらこなした。

今年はハロウィンの盛り上がりもなかった。

年末が近づくにつれ、どこの飲食店も、クリスマスや年末年始をどう盛り上げるかに頭を悩ませている。この業界にとって、もっとも売上が膨れ上がるシーズンである。個人の外食の機会が増えるだけでなく、忘年会や新年会が入れば、一気に大きな売上が見込める。しかし、今年はそんなものができるとは、誰一人考えていない。

「カジュアルイタリアン・マルコ」は、春先の緊急事態宣言が解除された頃や、夏に比べれば、確実にお客様が増えていた。

テーブルはすべて四人掛けにしたから効率は悪いが、ランチタイムやディナータイムには満席になり、ウエイティングもできた。

クーポンを多用する旅行客の対応にも、感染対策をしながらの接客にもだいぶ慣れ、ほっとしたのもつかの間、秋が深まるにつれ、再び新規感染者数が増え始めた。

日々、発表される感染者数に、私も皆見もどんどん不安になっていった。次の波は確実に近づいている。誰もが、そう確信していた。せっかくお客様が戻ってきてくれ、これからがかき入れ時なのに、また足が止まってしまうかもしれないのだ。

十二月に入った。

いつもならば、街がもっとも華やぎ、人々が溢れて賑わう季節である。

「シンジュク・ステーションモール」の正面玄関にも、ひと月前から恒例となっている大きなクリスマスツリーが置かれていた。その年の流行を取り入れたオーナメントが話題で、毎年、設置されるたびに写真を撮ろうと人だかりができる。昨年は、ＳＮＳに投稿すれば抽選でプレゼントが当たるというキャンペーンをやっていたのだが、今年は人が集まらないように、ツリーは柵で囲まれている。それでもツリーが設置されただけまだマシらしく、中には設置を見送られた施設もあったらしい。

飲食店で働く私にとって、クリスマスはただ忙しいイベントに過ぎないのだけど、それでも華やかな街や、楽しそうなお客様を見れば心が弾む。だからこそ、いつもとは違う地味なクリスマスシーズンに、またしても体のどこかが剝がれ落ちるような思いがした。

かといって、レストランとして何もしないわけにはいかない。

店が落ち着いたタイミングを見て、私は事務所にいる皆見に訊ねた。

「クリスマス、どうするの？　今年はいつもみたいにパーティープランを打ち出すわけにいかないでしょう。いっそ、お二人様向けのコース一本にしぼる？　さすがにクリスマスなら、デートで食事するお客様も増えるよね」

パーティープランとは、いわば宴会メニューだ。四名様以上からの予約制で、前菜からパスタ、ピザ、メイン料理、デザートとドリンクのコース仕立てになっている。例年、十二月の初めから翌年の一月半ばまで、忘年会や新年会だけでなく、クリスマスの集まりなどでもかなり頻繁に予約が入るプランだった。オプションで飲み放題も付けられ、それがなくても、何本もボトルワインの注文が入るから、一件入るだけでもかなりの売上になる。

しかし、今年はまったく見込みがない。その上、今のご時世でこんなプランをやっているとはけしからんと言われる恐れもある。そもそも、会食に対してもマスク着用だとか、人数制限とかいう話が具体的になってきている。

「その方向で料理長とも相談している。テイクアウト用のパーティーセットもやるつもりだ。こっちは本社からの要望で、前菜からデザートまで、四人分を想定すれば、そこそこの売上になる。本社も必死だぞ。工場では、チキンとかオードブルセットとか、イベントシーズン向けのＥＣ商品製造で大忙しだ」

「いいかもね。今年は家でパーティーをやる人がたくさんいるでしょう。そういう需要を掘り起こさないと、お店のお客様だけじゃ、とても売上を確保できないもん」

口ではそう言っても、どこまでテイクアウトやＥＣ商品が売れるのかは半信半疑だった。

そもそも、今ではどこも似たようなことをやっている。ノウハウもあって名の知れた大手に敵うはずはないと分かっていながら、何もしないわけにはいかない。

外食はダメ、旅行もダメ、大っぴらに集まることもダメなら、せめて家で楽しく過ごそうというのが今の風潮である。人間はどこでも楽しみを見つけるもので、早々とそこに商機を見出す企業も多かった。お取り寄せの食品だけでなく、インテリアなどの、家で快適に過ごすための商品が、ずいぶん売上を伸ばしているとも聞いている。

たくましいなと思う一方、何をやってもそれなりの効果しか出せないマルコは、ますます取り残されていく気がしてぞっとする。

「店内もツリーやリースできれいだし、ホントなら一番いい時期なのにねぇ」

「だよな。ガラガラのクリスマスじゃ、俺たちも寂しいし、来てくれたお客様もきっとがっかりだ。ひっそりした店ほど居心地の悪いものはないもんな」

「っていうかさ、もう十二月なのに、こんな話をしているのがおかしいよね。本当なら、もっと前から計画することだもん」

「仕方ないだろ。世間の状況を見ながらなんだから。下手に予約でも入ったら、いざとなった時、俺たちも困るし、お客様にも申し訳ない」

皆見と大きなため息をつく。これからディナータイムが始まるというのに、まだ店内は静かで、私と皆見は事務所で話をする余裕がある。

さすがにそろそろ出るかと、立ち上がって、折りたたみ椅子を片付けた。

皆見は、「今夜は誰を早く帰そうかな」とシフト表を見ながら悩ましげに眉を寄せている。

ホールに出ると、店頭に立っていた女性客と目が合った。

見かけない顔だった。お買い物帰りにふらりと立ち寄ったのか、彼女のほうも初めてのようで、どうしたものかと店内を覗いていたのだ。

「いらっしゃいませ」と、私は笑顔を向けた。もちろんマスク越しの夏目スマイルで。

Aホールも Bホールも、選べるほどにテーブルが空いている。もしも本当に初めてのお客様なら、店内が見渡せる、壁際の一番いい席にご案内しよう。そう思った。

奥へ誘導しようとすると、彼女は「ここでもいいですか」と、すぐそばのテーブルを指さした。もっとも店頭に近く、ピザ場やレジの真ん前で、お客様だけでなくスタッフの往来も激しい場所だ。落ち着かないからと、嫌がる方が多いため、私たちも満席にならない限り、空けておくテーブルだった。

しかし、お客様が希望されるなら、案内しないわけにはいかない。

メニューをお渡しし、お冷を注いだグラスを置く。

その時、はっとした。ここは殿下のお気に入りのテーブルだった。

そういえば、夏あたりからお会いしていない。以前はほぼ週に一度はピザを食べに来てくれて、緊急事態宣言が解除された時には、「マルコのピザが食べたかった」と真っ先に来てくれたというのに。

先ほどの女性が手を上げたのに気づき、テーブルに向かった。

「ピザが食べたいのですが、迷ってしまって。どれがお勧めですか?」

ランチメニューと違い、アラカルトのピザはいろいろな種類がある。トマトソースのもの、ソースレスのもの、バジルソース、ガーリックのソースもある。具材も様々だ。

「一番、オーソドックスなものを」

そう言われたら、マルゲリータしかない。トマトソース、モッツァレラチーズ、バジルのシンプルなピザだ。ナポリピザを代表するものと言われ、マルコでは水牛のモッツァレラチーズを使っていて、少し値が張るが、人気メニューである。

「美味しそう。それがいいです」

彼女はグラスのスプマンテも頼み、ピザが焼けるまで、時折グラスを傾けながら、ぼんやりとピザ窯を見つめていた。

焼き上がったピザを運び、彼女がナイフとフォークを手に持った時、既視感に思わず目をしばたたいた。殿下だ。彼女の食べ方はそっくり同じだった。

私は彼女から目が離せなくなった。ナイフでピザを切り分け、器用にフォークで口に運ぶ。伸びたモッツァレラチーズも上手に絡めとり、何とも優雅な食べ方だった。

どうして、と思う。殿下のお気に入りのテーブルで、彼女は同じようにピザを食べている。しかし、彼がいつもニコニコしていたのに対し、こちらはニコリともせず、黙々とフォークを口に運んでいる。

次第に、彼女のスピードが落ちてきた。ピザは半分ほど食べ終えたところで、女性には確かに大きいかもしれないが、けっして食べきれない量ではない。

私はますます彼女から目が離せなくなった。咀嚼していたピザを、やっとという様子で飲み込むと、そっとナイフとフォークを置いた。そのまま、顔を両手で覆った。

ようやく事務所から出てきた皆見が、彼女に気づいて、ぎょっと目を見張った。

「おい、大丈夫か。どうしたんだ」

「分からない。具合でも悪いのかな」

しばらくして顔を上げた彼女は、気を取り直したようにスプマンテをひとくち口に含んだ。それから、ぼんやりとピザ窯のほうを見つめた。

皆見に急かされ、私はお冷の入ったボトルを持ってテーブルに向かった。

「ピザ、大きかったですか。食べきれなければ、お包みします」

彼女は顔を上げて私を見た。泣いていたのかとも思ったが、目は潤んではいなかった。

彼女ははっとしたように布ナプキンで口元を押さえ、恥ずかしそうに笑った。そのしぐさにも見覚えがあった。

「美味しいなぁって思ったんです。食べちゃうのがもったいなくて、それでゆっくり……」

予想外の言葉にほっと力が抜けた。彼女はもう一度ピザ窯へと視線を向ける。

「ここ、特等席ですね。職人さんの動きは飽きないし、ゆらゆら揺れる炎を見ていると、なんだか落ち着きます」

「炎には癒し効果があるっていいますしね。まぁ、ピザ窯の炎ですから、キャンドルなどとは少し違うと思いますが」

私もピザ窯を眺めた。こうして、このテーブルの横で話をしていると、ますます殿下のことが懐かしくなった。いったい、どうして来てくれないのだろうか。

「おじいちゃんも、ピザが焼けるのを眺めるのが楽しいって言っていたんです」

「おじい様？」

私は驚いて彼女を見つめた。優しく下がった目じりの感じが殿下によく似ていた。

「おじいちゃん、木曜日のお昼は決まってここでピザを食べていたんです。ピザ窯がよく見える席だって言っていたから、たぶん、ここに座っていたと思うんですよね」

間違いない、殿下だ。

「よく、よく存じています。いつもニコニコされていて、お客様のように、ナイフとフォークでピザを召し上がっていました」

いささか興奮した私にも構わず、彼女はにっこり笑った。

「そうなんです。いつもニコニコして、とっても優しいんです。木曜日はお茶の水の病院に通っていたんです。その帰りにマルコのピザを食べるのが楽しみで、もう、どっちが目的か分からないなんて、おじいちゃんも笑っていました」

「……最近、いらっしゃいませんね」

私はやっとの思いで言った。先ほどの彼女の様子もやっぱり気になる。

彼女は口をつぐんだ。仕方なく私は続ける。

「よろしければ、おじい様にピザをテイクアウトして差し上げてはいかがでしょう。東京もこの状況では、安心して外を出歩くこともできませんもの。病院だって、ずいぶん受診控えをする患者さんがいるとか……」

「テイクアウトもできるんですか」

「はい。お店での焼きたてには敵いませんが、オーブンで焼き直していただければ、おじい様が大好きだった縁の部分も、パリッと美味しく召し上がっていただけます」

私はメニューを広げ、殿下がよく注文してくれたメニューを説明した。

さっきは嫌な予感が頭をよぎったが、熱心に耳を傾ける彼女の様子にほっとした。やっぱり家にいるのだ。店の状況を気にかけて、お孫さんに様子を見てくるよう頼んだのかもしれない。

ふと、彼女が顔を上げて、私を見つめた。

「ああ、でも、お供えにピザなんて、おかしいですか？」

私は言葉を失った。

足の裏から力が抜けていく気がした。

「もう二か月近く前です。先日、納骨も終えて、ようやく、ちょっと落ち着いてきたので、だから……」

彼女はふっと寂しげな光を瞳に宿した。私は目を閉じた。ああ、もうこの席で、殿下とお話をすることは二度とないのだなと思った。

目を開けて、殿下がいつもしていたようにピザ場を眺めた。

「きっと、おじい様も喜ばれると思います。あれほど、通ってきてくれたんです。緊急事態宣言が解除され、営業が再開された日も真っ先に。おじい様には、私たちも励まされました。あんなに気に入っていただいて、心から嬉しく思います」

聞けば、彼女の祖父は、海外の食品を輸入する商社にお勤めで、イタリアにも何度も足を運んでいたという。マルコの社長と同じようにイタリア、特にナポリに惚れ込んでしまい、たまたま立ち寄ったマルコ新宿店で食べたピザが、現地で食べたものとほとんど変わらないことに感激されたそうだ。

「十年も前に亡くなったおばあちゃんとも、何度もイタリアに旅行をしていました。本当に好きだったみたいです」

「そうですか。だからおじい様はあんなふうにピザを召し上がられていたんですね」

「あんなふうに?」

「ナイフとフォークです。現地では、ピザはシェアすることなく、一人で一枚、ナイフとフォークを使って召し上がるそうです」

「おじいちゃん、てっきり手を汚すのが嫌で、そうしているのだと思っていました」

お孫さんは驚いたようだった。祖父の食べ方を見ていたから、彼女もナイフとフォークを使うようになったのだという。

「日本では、アメリカ発祥のデリバリーのピザ文化が定着していますから。ピザというと、人が集まった時に、みなさんでシェアするイメージが強いですよね」

彼女は頷いた。私もマルコで働くまで知らなかったことだ。

この会社ができた時、社長とメニュー開発者は足しげくイタリアに通い、できる限り本場の味や文化の再現に努めたという。食材もできるだけ現地のものを使い、ガスの窯ではなく、煤の香りも香ばしい薪窯を設置し、メイン商品のピザが完成した。

その後も懇意にしているナポリのピッツェリアにスタッフを送り込んで研修をさせ、逆にピッツァイオーロ（ピザ職人）を招いて、勉強会をしたこともある。とにかく、メイン商品に関しては手を抜かなかった。

私はたまたま新宿店で、来日した社長の友人のピッツァイオーロ、マッテオさんが食事をするのを見たことがある。社長はおらず、本社の若手社員三名がホスト役だった。

彼らがメニューを決め、ピザは二枚注文が入った。

焼き上がったピザをテーブルに運ぶと、マッテオさんはそのうちの一皿を自分の前に引き寄せ、にわかにナイフとフォークを使って食べ始めたのだ。私だけではなく、誰もが、マッテオさんがピザを独り占めしたと感じたに違いない。しかし、彼にとってはしごく当然のことだったのである。

そんな話をすると、お孫さんはおかしそうに笑った。

「そうだったんですか。知らなかった。おじいちゃん、そういう話は全然してくれなかったんです。このお店にも、連れて来てくれなかった」

「どうしてでしょう。お気に入りのお店なのに」

お孫さんは少し首を傾げた。

「きっと、思い出を邪魔されたくなかったんじゃないでしょうか。ここに来ることは、おじいちゃんにとって、自分だけのお楽しみだったんです。大好きなピザを食べながら、若い時の活躍や、おばあちゃんとの思い出に浸っていたんじゃないかな。もう、ずるいなぁ。こんなに美味しいなら、連れて来てくれればよかったのに。もっといろいろな話を聞かせてほしかった。ここで、一緒に食べたかったです」

その時になって、お孫さんの声が震えた。

涙がみるみる盛り上がり、彼女は慌てて布ナプキンで顔を覆った。

彼女は、その後、ゆっくりと時間をかけてピザを完食し、お代わりしたスプマンテを飲みながら、私と一緒にテイクアウトするピザを選んだ。選びながら、いろいろな話をしてくれた。

彼女の家では、昔から祖父が好むからとパスタをはじめ、イタリア料理がよく食卓に並んだこと。かつて、デリバリーのピザを頼んだが、どうもお気に召さなかったようで、それでも皿に取った一切れは、ナイフとフォークを使って残さず食べてくれたということ。そこから、彼女も食べ方をマネするようになったということ。

お礼とばかりに、私もお店でのエピソードを話した。

シーフードピザが好きだが、海老が嫌いな殿下のために、イカやムール貝をたっぷりのせたこと、いつもスタッフに「ありがとう」と言葉をかけてくれたこと。単なる〝店員〟と〝客〟ではない、人と人との交流が、確かにそこにはあったのだ。私たちに心を開いてくれたからこそ、出来上がった関係だった。

さんざん悩んだ末、彼女は「やっぱり王道のナポリピザで」とマルゲリータを選び、次は両親も連れてきますと帰っていった。

彼女を見送っても、私はしばらく店頭から動けなかった。

最後にかくしゃくとした後ろ姿を見送ったのがいつだったか思い出せない。いつも、また木曜日には来てくれる、そう思っていた気がする。「ありがとうございました」と心の中で呟き、店内に戻った。

皆見のところに行き、殿下が亡くなったことを伝えた。

皆見も驚いた顔で、「まさか、コロナか」と言った。もしも感染すれば、場合によっては重症化し、それまで元気だった人が、突然亡くなってしまう。そんな恐ろしさを、今の私たちはよく分かっていた。

「持病が急に悪くなったみたい。もともと、病院帰りにここに寄ってくれていたんだって。だから、決まって木曜日だったの」

でも、お孫さんは言っていた。夏ごろから、急に気力をなくしたように元気がなくなったと。好きなことを自由にできないストレスが、大きかったのではないかと。

私が知っている殿下は、お洒落で活動的なご老人だった。これまで海外を何度も訪れているし、じっとしていることなど、とてもできない性格だったのではないだろうか。

そう話すと、皆見も頷いた。

「もっと古い友人と会ったり、旅行したりしたかったのかもしれないな。気の毒なことだ。人生の残りの貴重な時間に、やりたいことも自由にできなかったってことだろ？」

でもさ、と皆見は首を傾げた。「これまで、一度も家族を連れて来たことはなかったよな」

「皆見よりもずっと前から殿下を知っているけど、いつも一人だった。お気に入りの店ってさ、誰かに教えたい店と、自分だけの秘密にしておきたい店と、ふた通りあると思わない？　私は分かる気がするな、殿下の気持ち」

もしかしたら、皆見は違うのかもしれない。離婚すると伝えた晩、私のスマートフォンに、お気に入りの動物動画を送りつけてきた男だ。とびっきりかわいい、柴犬の赤ちゃんだった。

私たちは、しばらくぼんやりとピザ窯の前のテーブルを眺めていた。

もう会えないのかと思うと、悲しみとはどこか違う、ぽっかりとした寂しさが胸に溢れてきた。お客様との距離は、そういうものかもしれない。家族でも友人でもないけれど、他人ではない。

「ねぇ、皆見。どうして日本では、ナイフとフォークでピザを食べないのかな。ピッツェリアで食べるナポリピザは、明らかにデリバリーのとは違うじゃない」

「ピザには、カジュアルなイメージがあるんじゃないか。そもそも俺たちは、めったに一人で一枚食べない。シェアが前提だから、ナイフとフォークを使う必要がない」

「いっそ、一人一枚にすればいい。感染症のせいで、今は手を使うのも抵抗あるじゃない。これを機に、ナイフとフォークで食べるピザが流行らないかな。一人一枚が大きいというなら、思い切って生地を小さくすればいい。それで、コースを組むの。デートでも、上品に食べられるよ。どうかな」

皆見はすぐに首を振った。そもそもマルコのピザは、大きさでインパクトを与えている。そうでなくてはマルコのピザではないという。

私は、大きなため息をついた。

「けっきょく、何をやってもうまくいかないね。テイクアウトもさして伸びないし、新しいメニューを始めてもお客様が増えるわけじゃない。感染が収まるまで、この状況は変わらないのかな」

「かもしれない。なら、いつまで待てばいいんだろうな」

本当に、いつまで待てばいいのだろう。

「皆見、私、決めたよ。サンタさんに、お客様をくださいってお願いする」

「じゃあ、俺は初詣に行ったら、商売繁盛を祈願する」

皆見が真面目に応じた。

「今度のお正月、初詣なんてできるのかな。だって、お寺も神社もすごい人じゃない。密もいいとこだよ」

「さすがに、なくなることはないだろ。日本の伝統だし、今だからこそ手を合わせたいって人も多いだろうし。人数制限とか、何かしら工夫してくれるさ」

「そっか。工夫をして、無理っぽいことでも何とか可能にする。コロナになって、そういうたくましさは、いろんな部分で感じたよね。ただ、飲食店のお客様はどうやっても戻ってきてくれない。ああ、でもさ、初詣の、あのギュウギュウした感じが、逆によかったんだけどね。人ごみで風が遮られて」

他人の温(ぬく)もりで暖をとるなど、今ではもってのほかだ。ソーシャルディスタンス。私たちの間を、ずっと冷たい風が吹き抜けている。

「もう、努力じゃどうしようもないところまで来ているよね」

「だな。でも、生きている限り、と、殿下は言っていた」

生きている限り、希望はある。

営業が再開された日、殿下は変わり果てた店内を見て言ってくれた。

「俺、今日はピザをテイクアウトする。レジ、打ってくれ」

皆見が突然思いついたように言い、懐から財布を取り出した。

「営業中に焼いたら、家に着く頃には完全に冷めちゃっているよ。いいの？」

「いい。家で温める。なんかさ、さっきから、やけに家族の顔が頭に浮かぶんだよ。カミさんとエリ。二人に、無性に何かしてやりたくて仕方ない」

殿下のことがあって、私たちはいつも以上に感傷的になっているらしい。

生きている限り。また頭をよぎる。

いつも近くにいるからこそ、ふと気づくこともあるのかもしれない。

そんな相手がいる皆見が、少し羨ましかった。

「俺、やっぱり、日本では、ピザにナイフもフォークも必要ないと思う。ピザってさ、家族や友人、みんなで分かち合う、幸せの象徴みたいな料理なんだよ。それがはっきり分かった気がする」

皆見の瞳が優しく細められる。まるで、目の前に家族がいるように。

「皆見、たまには早く上がりなよ。いつもほかの子を帰して、最後まで残っているじゃない。自分は早くにタイムカードを押すくせにさ。今日は私が最後まで責任を持つ。だから安心して、奥さんとピザを食べなよ」

私の言葉に、皆見は珍しく相好を崩した。いつもなら、家庭のことなどほとんど口にしない男なのだ。こんな日くらい家族の待つ家で、店長でいるよりもずっと安らぐ父親の皆見にしてあげたかった。

年末が近づくにつれ、東京の感染者数は増え続けた。

例年のように大きな予約の入らなかったマルコ新宿店は、売上は減ったけれど、連日、それなりにお客様が訪れて、クリスマスも昼夜満席となり、私たちは胸をなでおろした。

その一方で、複雑な思いもあった。

ニュースでは、医療現場の逼迫（ひっぱく）状況が語られない日はなく、目の前の日常とはかけ離れた、別の世界があるように思えてならなかった。

果たして、私たちがお客様を迎えることは正しいことなのか。曖昧な思いを抱き続けたまま、とうとう一年の最終日に、東京では初めて千人を超える新規感染者が確認された。

第四章　第四の波

「確実に出されるだろうな、宣言」

　朝の事務所で、皆見が重々しく呟いた。

　年が明けた。

　元旦は駅ビルも全館休業、例年なら二日から初売りのセールとなるところ、今年は三日まで休業となった。大きな売上の損失である。めったにないお正月の連休だが、帰省もできず、行く場所もない私は、ずっとアパートにこもっていた。

「これまでとは、感染者数のケタが違うもんね。それにしても、クリスマスや忘年会の会食が要因のひとつだなんて、すっかり飲食店が悪者にされちゃったなぁ」

「俺、もうテレビを見ないことにした。嫌な情報しか入ってこない。しかも、それが正しいのかどうかも分からない。みんな言いたいことを言っているだけだ」

「それもひとつの方法だね。精神の安定を保つには」

　秋の終わりから急増した新規感染者数は、年が明けても増え続けた。

確かにこの期間、これまでの不満を発散するかのように、集まったり、旅行に出かけたりしていた人が多かったらしい。その結果がこうなったのかは分からないが、今では、誰かと食事をすることが感染を広げると人々は信じ込んでいる。よって、飲食店はすっかり悪者扱いだ。今後、ますます締め付けが厳しくなることも十分予測できた。巷に様々な情報が飛び交うなか、それでもお店を使ってくださるお客様もいて、それが私たちの唯一の慰めだった。けれど、テーブルサイドでの会話も、いつになったらもとの世の中に戻るのかという内容ばかりだった。

本当に感染を恐れ、世を憂う人は、外出を控えて家で過ごしているんだろうなと思う。今や世間は完全に二極化していて、それぞれまったく異なった考えや行動指針があるから、私たちもめったなことは口にできない。ただ粛々と感染対策を徹底して、お客様をお迎えするのみである。

ほどなくして発出された二度目の緊急事態宣言は、私たちの飲食業会にとって厳しいものとなった。

「営業時間はさらに一時間短縮。しかも、アルコールの提供は十九時までだそうだ」

「時間短縮は分かるけど、アルコールまで制限するの？　業態に関係なく？　ワインが出ないと、客単価ががくっと落ちちゃうよ。閉店時間も早まるなら、せめてその時間まで出させてほしい」

「ようは、酒が飲めないからさっさと帰れってことさ。でも、そうなるとさらに反発が大きくなるだろうから、営業時間だけは一時間後にした。そんなところじゃないのか」

「この辺りなんて、お酒で成り立っているお店ばっかりじゃないの。いくら補助金が出たって、通常営業しているほうがはるかにマシだよね」

「まぁ、こんな時でも気にせず飲み歩いている人もいるにはいるからな」

何が正しく、何が間違いなのか、さっぱり分からない。果たして、アルコールの提供や店の営業の時間を短縮すれば、感染者は減って世の中はもとに戻るのか。それよりも、ワクチンや治療薬の開発はどうなっているのだろう。

私も、ここ数日はテレビを見ていない。

逼迫する病院の様子、最前線の現場で上がる、医師や看護師たちの悲痛な声。過酷な環境と社会への貢献にもかかわらず、心ない人たちからは差別まで受けているという。

ニュースを見るたび、マルコで働いていていいのかと思う。世の中のために身を削っている人々がいる中、自分は日銭を稼ぐため、毎日電車に乗って都心に出勤し、感染を広げる恐れがあると言われる飲食店で働いている。そのくせ、日々の東京の感染者数だけはスマートフォンでチェックし、様々なことに過敏になったお客様の攻撃対象にならないよう、ビクビクと仕事をしているのだ。

二度目の緊急事態宣言が出されてからというもの、「カジュアルイタリアン・マルコ」

新宿店は、再びがくっと客数が減ってしまった。

満席ならばＢＧＭも聞こえないくらいのざわめきで満たされる店内は、場違いに陽気な南イタリアの音楽ばかりがやけに耳に付く。

「手を変え、品を変え、いろいろとあがいてみても、けっきょくは、世の中がもとに戻らない限り、お客様は来てくれないんだよね」

「そうだろうな」

「ああ、全部忘れて、美味しいモノ食べに行きたいなぁ。青山あたりのちょっとオシャレなお店がいい。昔、行ったじゃない？　穂波さんと三人で。お料理が美味しいから、ワインもどんどん進んじゃってさ。あれ、一人いくら払ったんだっけ。あんなふうに思いっきりお料理食べて、ワイン飲んで、ずっとおしゃべりしていたい」

現実逃避をするかのように願望ばかりを口にする私を、皆見はいつも傍観していた。しかし、この日は珍しく乗ってきた。

「いいな。思いっきり飲んで、何もかも忘れてしまいたい。ただし、昔みたいにはいかないぞ。アレは、独身だからできたことだ」

「うん。もうチェーンの居酒屋でいい。店の仲間や穂波さんたちと、思いっきり飲んで朝まで騒ぎたい」

そういえば、皆見も店長に昇格したばかりの頃、奥さんとエリちゃんを連れて、マルコに食事に来たことがあった。

普段とはあまりにも違う様子に、私はついつい何度もテーブルに通い、ワインをグラスに注ぎ足したり、何か必要なものはないかと訊ねたりした。そのたびに皆見は恥ずかしそうにベビーカーのエリちゃんをあやすそぶりをし、奥さんはニコニコと笑っていた。

また、あんなふうに家族を連れて、マルコに来てほしいなと思った。それも、日常が戻るまではしばらくおあずけだ。

今年の冬はやけに寒さが堪えた。いろんなところに隙間が空いて、容赦なくひゅうひゅうと冷たい風が通り抜けていくようだった。

冬のセールも、バレンタイン商戦も、たいした盛り上がりがないまま、ただ暦だけが進んでいき、ふと、ああ、一年経ったんだな、と思った。一年経っても、感染症の流行は収束する気配を見せず、さらに状況は厳しくなっている。ここまで来ると、本当にもとの世の中に戻るのだろうかという疑問まで湧いてきて、私の心はさらに沈んだ。

皆見は朝から、本社で月に一度行われる店長会議に行っている。

広々とした店内には、スタッフの姿ばかりが目立つ。皆見は自分が不在だからと、万が一に備えて、いつもよりもアルバイトを一人多く投入したのだが、万が一はこのまま起こりそうもない。そもそも春休みのこの時期、バイトの大学生たちはサークルだ、旅行だと言って、毎年人手不足だったというのに、今年は彼らも予定がないらしく、働かせてくれとの希望が多いのだ。

午後六時前、皆見が戻ってきた。以前ならば、会議の後はこぞって本社のある品川界隈に繰り出し、店長同士の親睦を深めていたものだが、さすがにこの一年はそれもなくなった。

「まっすぐ帰ればよかったのに。どうせ今夜も忙しくないよ」

「そうなんだけどさ、まぁ、落ち着かないしな。事務仕事もたまっているし」

「年度末だしね」

「そういや、内定の学生の半分が辞退したそうだ」

「これまでだって、新入社員は十人採用すればいいほうだったじゃない。その半分？」

「飲食業界の未来は暗いからなぁ。もともと会社や業態によって浮き沈みが激しかったけど、今度ばかりは業界そのものが大きく揺らいでいる。業績のよかった居酒屋チェーンや、従業員を大勢抱える大手のほうが苦しんでいるとも言えるしな。ウチだって、年末で路面店を二店舗閉店しただろ。都心から会社員が消えるなんて、誰も想像しなかったことだ」

閉店した新橋店と赤坂店は、駅に近いビルの一階に入っていた。どちらも大きな店ではなく、ピッツェリアの「マルコ・ピッコロ」として、昼夜ともに近隣の会社員に重宝されていた。

「そっか、閉店した店のスタッフが余剰になるわけだもんね」

「来年度は採用も見送るらしい。仕方ないな」

「なんだか、会社の衰退の兆しだね」

私たちはどちらからともなくため息をつくと、レジのあたりから店内を眺めた。ホールを任されている真中さんが、ドリンクカウンターにもたれて、ぼんやりと立ち尽くしている。ホールを見渡せるため、待機する場所として間違いはないのだが、いかんせん態度がなっていない。

「私、ちょっと注意してくる」

忙しければ自然と気が引き締まるものだが、気を配る対象がなければ、緩んでしまうのも無理はない。しかし、それではいけない。サービスマンとしての立ち居振る舞いは、新入社員の研修でもしっかりと叩き込まれているはずなのだ。

「真中さん。手が空いているなら、衛生作業でしょ。そんなだらしない恰好をしていたら、バイトの子だってマネしちゃうじゃない」

「誰も見ていませんよ。それに、お客様が帰った後には、テーブルも椅子もアルコール消毒しています。今さら、どこを磨くっていうんですか」

「仕切のアクリル板とか、店頭の椅子とか、やろうと思えばいくらでもあるでしょう。店内、店外、いつだってお客様の視線を気にしろって言っているわよね」

「お客様なんて、店外の通路にだっていませんよ。鈴木さんだって、店長とおしゃべりしていたじゃないですか。どうぞ、このままのんびりしてくださいよ」

きっと、私が皆見と話をしていたのも面白くないのだろう。

「それは反省する。でも、ダラダラしたスタッフがいるお店には、お客様だって入りたくないでしょう？　気を抜いちゃいけないの」

「もう、イライラしないでくださいよ。めんどくさっ」

真中さんは、カウンターからダスターと消毒用アルコールの入ったスプレーを取ると、そそくさと店の奥に行ってしまった。最後に、「パートのくせに」と小さく呟いたのを私は聞き逃さなかった。カッと頭に血が上ったが、手のひらを握りしめてこらえた。ゆっくりと息を吐いてやり過ごす。

暇な時間は、スタッフの精神を殺す。つくづくそう思った。確かに私も、すぐにイライラして、常に何かに腹を立てている気がする。息苦しい今の世の中のせいだ。

ちらほらと桜が咲き始めた。それからほどなく、二回目の緊急事態宣言は解除されたのだが、浮かれることを禁じられたかのようにお花見はさして話題にはならず、ただ季節が巡ることだけを実感させられた。

それでも、アパート前の桜が満開になると、どこか心が慰められた。

今年はどこの桜も見向きもされない。人々が素通りしてもけなげに咲き誇る桜に、マルコで働く自分たちの姿が重なった。

たいして飲みたかったわけではないが、帰り道のコンビニで缶ビールを一本買った私は、アパートのベランダから、街灯に青白く照らされる桜を見下ろしながら缶を傾けた。

満開をとうに過ぎ、所々、すでに若葉が伸び出している。完全に散ってしまう前に、せめてひと時、花を愛でようと思ったのだ。

最初の緊急事態宣言が出され、店が休業になってから、間もなく丸一年となる。

この一年、いったい何をしてきたのだろうか。振り返っても、何も出てこなかった。

テイクアウトも、新メニューも、わずかに売上を底上げしてくれたものの、ただ、あくせくしただけで、得られたものは何もなかった気がする。

夜風は思いのほか冷たく、冷えたビールを流し込んだ体もまた冷え切っていた。

部屋に入り、窓に施錠してから、ブランケットを体に巻き付けた。テーブルの上に置きっぱなしだったスマートフォンを見て、着信があったことに気づく。穂波さんだった。

着信が一度だけではなかったことに焦り、急いでかけ直す。すぐに切羽詰まった大きな声が聞こえ、思わず耳からスマートフォンを遠ざけた。

『ちょっと、六花、大丈夫なの？』

何のことやら、さっぱり分からなかった。

「……大丈夫ですけど？」

『よく落ち着いていられるわね』

イライラした口調に、急に不安になった。

「いったい、どうしたんですか」

『マルコ、買収されちゃったじゃないの！』

穂波さんの言葉が、頭の中をまっすぐに通過して、そのまま出ていった気がした。

「え？」

『マルコが、買収されたの』

「ええ？」

『ふざけているの？　働いている六花が知らないわけがないじゃない』

知らない。そんな噂（うわさ）もなかったし、まったく信じられない。

「今日、エイプリルフールでしたっけ」

『その言葉、そっくりそのままアンタに返す』

いつもの穂波さんらしくない口の悪さだ。穂波さんは本気で怒った時、言葉が乱暴になる。スマートフォンの向こうで、大きなため息が聞こえた。

『本当に知らないの？　どうなっているの、あのクソ会社。今日のネットニュースに出ていたよ』

穂波さんは、以前から日経新聞の電子版を愛読している。早くから独立が念頭にあったせいか、業界の動向にも敏感だった。もしやという不安が頭をよぎる。

「ついこの前、皆見が店長会議で本社に行ってきたけど、何も言っていませんでしたよ」

『上だけで動いているのかもね。マルコは中小企業だし、全国紙にも載らないレベルのニュースだったから』

いや、しかし、働いている私たちにとっては大きな衝撃である。

「どこに買収されたんですか」

『安っぽいイタリアンレストランを経営している会社。都内では見ないけど、埼玉とか、千葉とか、郊外のロードサイドでたまに見かける〝真っ赤なポモドーロ〟って知っている？』

「名前だけは。真っ赤なトマトなんて、当たり前でセンスのない名前だって、ちょっとバカにしていました」

『そのバカにしていた会社に買収されたの。確か、株式会社レッドフードシステム、本社は広島ね。西日本が本拠地で、関西から九州まで、かなりの店舗数。ロードサイドに広い駐車場を完備した大型店舗で成功したみたい。コロナ禍でも、感染者の少ない地方のお店ではほとんど影響を受けず、今や業界の数少ない勝ち組』

さすがに穂波さんは詳しい。

「全然マルコと違うじゃないですか。どうして、そんなところがウチを……」

『今まで東京には手を出せなかったんでしょ。東京の飲食業界が弱った隙をついて、入り込もうって魂胆じゃないかな。ほら、マルコって立地だけはいいじゃない』

その立地のよさが、コロナ禍で仇になっている。高い家賃を払えていたのも、お客様がひっきりなしに訪れてくれていたからだ。おかげで、新橋と赤坂のピッツェリアは閉店せざるを得なかった。いくらパートの私でも、それくらいの事情は分かる。

「マルコの経営状態は、私が思っている以上に追い込まれていたってことですね。会社、どうなっちゃうんだろう。皆見は知っているのかな」

『いくらなんでも、知っているんじゃない?』

まだ衝撃を受け止め切れず、口先だけでぼんやりと会話をしているような気がした。

「電話してみます」

『今夜はよしなよ。皆見はメンタル弱いじゃない。きっと相当ショックを受けて、ああでもない、こうでもないって思い悩んでいるよ。アイツは社員で、店長だもん。おまけに、家族があって、ここで踏ん張らなきゃいけない。どうせ、明日店で会うんでしょう？　今夜は一人で腹を据えさせたほうがいい』

穂波さんの言う通りだった。本社からも何か通達が来ているかもしれないし、状況のよく分からない私が口を挟まないほうがいい。何よりも、私自身がまだ受け止められていない。

「……私、パートですけど、自分が育った会社が買収されちゃうのって、悲しいですね」

『パートも何も関係ない。六花は今も店にいるんだし。完全に辞めた私だって泣きたい気分だよ。だって、私たちが全盛期を支えたんじゃない。十分貢献したよ。しんどい思いもたくさんしたけど、楽しかったって懐かしく思える。それって、やっぱりあの時、本気で頑張ったってことでしょう？　それがあったから、今の私は自分の店を持てている。私たちにとっては、これからもずっと大切な会社だよ』

穂波さんの言葉に、じわじわと実感が湧いてきて、知らず涙がこみ上げた。

そうだ。大切な会社だ。だから私もつい、いろいろと口を出してしまうのだ。真中さんに嫌われ、傷ついたとしても。そんな思いまでしてきたというのに。

『変化はあっても、会社がなくなるわけじゃない。たとえ納得できなくても、絶対に手放しちゃだめだよ。六花はすぐに感情的になるから。今の世の中、女が一人で生きていくのは大変なんだから、何があっても、店にしがみついているんだよ』

嚙んで含めるように穂波さんが言う。カッとなると、すぐに行動してしまう私の性格をよく分かっている。私はスマートフォンを握り締めたまま、何度も何度も頷いた。

電話を終えても、涙はいつまでも止まらなかった。

穂波さんの言った通り、私たちがマルコの全盛期を支えた。あの頃の忙しさは、コロナ以前からすでになかったのだ。だとしたら、パートの私が知らないだけで、経営状況も順調とは言えなかったのかもしれない。そして、コロナが致命傷となった。十分にあり得る話だ。

本当にマルコはどうなってしまうのだろう。

私はなおもエイプリルフールの夜に悪夢を見たような思いで朝を迎えた。

頭痛がして、熱を測ると、平熱よりもずっと低かった。体温は低すぎても体調が悪くなるんだなと驚きながら、重い体を引きずるように出勤した。スマートフォンを見ると、今日が四月一日だった。昨日は、エイプリルフールですらなかったのだ。

いつものように、店内にモップをかけ始める。朝のスタンバイは主にパートやアルバイトの仕事で、後から来た社員がレジを開ける。

床の掃除を終え、テーブルを拭く。以前はテーブルにセットしていたカトラリーは、一年前からお客様を案内してから運ぶように変更した。昨夜磨いたカトラリーを、四セットずつ籠に入れてホールのステーションに積んでおく。ドリンクカウンターに入ってお冷の準備をしていると、皆見の姿が見えた。いつもよりずっと早い。

「おはよう、皆見」

「……おはよう」

低血圧なのか、朝はたいていぼんやりしている皆見だが、今朝は一段と覇気がない。マスクをしていても分かるほど、顔色は最悪だった。

「朝から冴えない顔してんじゃないわよ。何、寝不足？」

「うるさいな。こっちもいろいろあるんだよ」

皆見は私のほうを見ずに、金庫を開けるとレジの釣銭を数え始めた。

「やっぱりホントなの？」

お札を数える皆見の指が止まった。目線だけ上げて、チラリと私を見る。

「話しかけるな。どこまで数えたか分からなくなっただろ」

「買収」

正面に回り込んで小声で言うと、皆見は勢いよくレジのドロアを閉め、促すように顎で事務所を示した。

「どうして知っているんだ」

「日経に出ていたって。昨日、穂波さんが連絡くれたの」

「何だよ……」

皆見は事務所の椅子に座り込んだ。おそらく、社員であり店長でありながら、ニュースになるまで知らなかったことがショックだったのだ。

「まさか、ここまでとは思わなかったよね」

私も横に座った。こんなこともあろうかと、いつもよりも早いペースで開店準備を進めた。レジを開け、照明とBGMのスイッチを入れればいつでもオープンできる。

「薄々は気づいていたけどな。売上は壊滅状態、オフィス街の店舗は閉店、もし、ここでまた商業施設の休業要請でもかかれば、今の会社をかろうじて支えているテナント店の売上もなくなる。昨日の夜、全店に営業部からファックスが届いた。今後は、別の企業のグループ会社になるってさ。俺も寺田料理長も開いた口がふさがらなかった」

まさか、ニュースが出た日にファックスでの連絡とは。私までぽかんと口が開く。

「レッドフードシステム、広島の会社でしょ」

「詳しいな」

皆見が呆れた目を向ける。業界通の穂波さんからだと言うと、納得したように頷いた。

昨夜は、各店の店長たちとも連絡を取り合って、ほとんど一睡もしていないらしい。

こんな時でなければ、どこかの居酒屋に集合して、朝までくだを巻いていたに違いないが、今はそんな場所さえも与えられない。

「ウチには願ったりかなったりだったんだろう。レッドフードシステムは、この機に乗じて地方で力を蓄え、いっそう成長した企業だ。世の中は最悪だ。今度は変異株がどうとかで、一向に感染症は収束する気配がない。大きな船に乗せてもらうに越したことはない」

「でも、絶対に何か要求されるよ。買収って、そういうことでしょう」

「都心の好立地の確保さ。ウチがテナント出店しているビルのディベロッパーとのコネクトが第一目的だろう。それと、本格的なピザの技術やスタッフもほしいんだろうな。『真っ赤なポモドーロ』は、イタリアンなんて名前だけのファミレスだ。もうワンランク上の業態を開発したいんじゃないのか」

「それにしても、相手は西日本が本拠地の大手でしょう？　どうして、よりによってウチなのよ」

マルコは、日本における本格ナポリピザの草分け的な会社ではあるが、今では薪窯も珍しくないし、似たような店を展開する会社がいくらでもある。街を歩けば、そこら中にピザ窯のある店があり、イタリアンもピザの店も溢れている。その点では、コロナ禍以前から、どこの会社も特徴を出そうと四苦八苦していた。

皆見はひときわ大きなため息をついて、肩を落とした。

「社長のせいだろ。あの人、目立ちたがりだから。業界紙でも、雑誌やテレビでも、声がかかればどこにだって顔を出す。おまけに口がうまいし、交友範囲も広い。業界で知らない人はいないんじゃないか。とにかく目立つんだよ、あの人は」

「丸子幸三郎(まるここうざぶろう)――」

私は唸った。丸子幸三郎。株式会社マルコの社長である。

いかにもイタリア人ピザ職人の名前からとったような「マルコ」という社名、および店名は、なんのことはない社長の「丸子」そのままなのである。

現地では、創業者の名前をそのまま社名や店名にすることはよくあることだそうで、創業に当たり、頻繁にイタリアを訪れていた社長は、「マルコ。イタリア人の名前っぽいし、ちょうどいいじゃないか」と、わずかな迷いもなく命名したという。今ではすっかりイタリア料理店らしい名前として馴染(なじ)んでいるから不思議なものだ。

「こういう時、社員ってけっきょく何の力もないんだね……」

「会社なんてそんなもんさ。まぁ、社名も店名そのまま残るそうだし、今のところ、このまま営業は継続だ。そのうち、少しずつレッドの奴(やつ)らが介入してくるとは思うけどな」

「営業を立て直さないと、どうにもならないもん。赤字店舗を抱え込んだんじゃ、レッドの奴らも面白くないでしょう。ああ、こんな時じゃなかったら、皆見とこのまま飲みに行きたい気分」

「まったくだ」

皆見はスマートフォンを取り出し、「見るか」と訊いた。私は頷き、顔を寄せた。

画面では、ふわふわのマンチカンの赤ちゃんがじゃれあっていた。


新年度となり、本来ならば忙しい店も、相変わらずの状況が続いている。

最近では、メイン商品のピザよりも、パスタの注文が多くなった。お客様が店を使う目的が変わったと感じるのは、気のせいだろうか。

ディナータイムになり、半分ほどのテーブルが埋まっていた。

近くにオフィスのある、常連のお客様が軽く手を上げて私を呼んだ。

「お決まりですか」

「まずは、ビールふたつ。それから、シーザーサラダと、僕はペペロンチーノ、こちらは魚介のトマトソース。サラダは、最初からふたつに取り分けてもらえるかな」

「かしこまりました」

中年の男性は、メニューを私に手渡しながら言った。

「悪いねぇ、毎年、ここで歓送迎会をやらせてもらっているのにさ。今年は禁止されちゃっているんだよ、そういうこと」

彼らは総務部に所属していて、食事会の幹事も毎回このお二人だ。それだけでなく、ランチや仕事帰りにもふらりと立ち寄ってくださる。

「この状況ですからね。年末の忘年会からどこの会社も同じですよ。でも、いつも夜はピザを召し上がるのに、今日はパスタなんですね」

「なんかさ、パスタのほうが気楽なんだよ。さっと食べられて、手も汚れない。最近は店に長居をすることもなくなったなぁ」

向かい側の同僚もうなずいている。外での食事のあり方が変わったのをつくづく実感した。今は楽しむ場所ではない。食事を済ませる場所なのだ。

かつて、穂波さんと食事に行く時は、予約をする段階からすでにワクワクしていた。店を訪れることも、料理を選ぶことも、それを待つ時間も、すべてが特別な経験だった。食事とは、単にお腹がいっぱいになればいいものではなかったはずだ。

時間を持て余すと、私たちはたびたび株式会社レッドフードシステムの話をした。

「真っ赤なポモドーロ」は、味よりも、豊富なメニューと量、低価格がウリだという。量に関しては、マルコの理念も「お客様に物足りないと思わせない量」であるから反感は持たないが、それ以外は正反対である。

マルコは、本格的な味としっかりしたサービスで、低価格帯のイタリアンとは差をつけてきたのだ。けれど、けっして高級店でないというのが人気の理由だった。

グランドメニューの種類はそう多くはないが、どれも「コレを食べるために来たの」と常連様がおっしゃるくらい、愛されているメニューである。つまりは、そのすべてが自信を持って食べてほしい料理ということなのだ。それらは、創業当初に社長がイタリアから持ち帰り、先輩たちが磨き上げ、守り続けたメニューである。だからこそ私たちも、一品一品に込められたストーリーを語り、お勧めすることができる。

今ではテーブルサイドでじっくりとこんな会話をする機会も減ってしまったが、マルコはけっしてお腹を満たすためだけのお店ではないのだ。

春先から関西を中心に猛威を振るっていたウイルスが、じわじわと関東でも広がり始めた。今度は、以前よりも感染しやすい変異株だという。ますます終わりの見えないコロナ禍に、もはや恐れよりもうんざりする気持ちのほうが大きかった。なにせ、これからゴールデンウィークを迎えようとしているのだ。

休憩時間、私は「シンジュク・ステーションモール」の屋上に出て、春霞なのか、ぼんやりとした新宿御苑の方向を眺めた。遠くの高いビル群も霞んでいる。風は心地よく、いい季節だというのに心は晴れない。甲州街道のほうでサイレンが聞こえる。感染症患者の搬送先を探す救急車かもしれないと思うと、いたたまれない気持ちになって店に戻った。

事務所には、やはり浮かない顔の皆見がいた。午後一番に始まった駅ビルの店長会に出席していたはずだが、私と入れ違いに戻ってきたようだ。

「いつもながら、暗い顔してるね」

「また緊急事態宣言が出るみたいだな。今度は二回目よりも強めの休業要請になるらしい。ゴールデンウィークにぶつけて、徹底的に人々を家に押し込める作戦みたいだ。おそらく、大型商業施設は生活必需品を除いて休業、イベントも無観客、飲食店もアルコールの提供は全面禁止だと」

「えっ、じゃあ、新宿店はまた休まないといけないの？」

「本社が駅ビルと交渉している。レストランフロアだけでも営業してもらえないかって。駅ビルだって閉めたくはないだろうし、ほかの飲食店の親会社も、同じ要求をしているんじゃないか」

「それが通らなければ、僕ら、『真っ赤なポモドーロ』にヘルプに行かされるかもしれませんね。ウチの路面店も、閉店して数が減っちゃいましたし」

いつの間にか話を聞いていた寺田料理長が眉を寄せた。冗談とも思えなかった。

「『真っ赤なポモドーロ』か。確かにロードサイドの路面店なら、休業要請も何も関係ないもんな。むしろ、行き場をなくした客が殺到して、逆に混み合うんじゃないか。だいたい、連休中ずっと家にこもっていろっていうほうが無理だろう」

人々の心は、すっかり一年以上の自粛生活で疲れ切っている。ストレスを解放する場所を誰もが求めていて、もはや我慢の限界だった。

「でも、僕は嫌ですよ。だって、どうせ工場で仕込んだソースを、半ボイル状態で保管したパスタに和える程度なんでしょう。そもそも、関東にある『真っ赤なポモドーロ』って、埼玉や千葉じゃないですか。このご時世に、長々と電車通勤は絶対に嫌ですって」

「行けと言われたら逆らえないけどな……」

社員はつらい。皆見と寺田料理長はがっくりと肩を落とし、それを真中さんや宮園さんが不安そうに見守っている。いつの間にか、彼女たちまで事務所に集まっていたのは、労働時間を調整するために、何時間もの長い休憩を取らざるを得なくなったからだ。社員の残業が禁止されたものの、拘束時間の長い飲食店では仕方のないことだった。

もしもまた駅ビルが休業となれば、私はどうしたらいいのだろう。ほぼ一年前、家にこもっていた期間を思い出すとぞっとした。マルコの状況は以前よりも悪い。ここぞとばかりに会社の運営方針が変わり、営業が再開された時に、私の居場所がここにあるとは限らない。

「六花はどうする」

皆見が顔を上げた。きっと、皆見も私がパートだということを忘れていたのだ。すまなそうな顔をされ、私のほうも居心地が悪い。

「穂波さんのカフェでも行こうかな。アルコールも出せないんじゃ、ますます厳しいだろ……」

皆見が呟き、私は口をつぐんだ。マルコの買収を教えてくれた夜以来、連絡を取っていなかった。


三度目の緊急事態宣言が出されることが決定し、とたんに慌ただしくなった。

といっても、店が忙しくなったわけではない。

今回の宣言は、短期集中、徹底的に人の流れを抑えることが目的らしい。そのため、休業を要請する範囲も幅広く、覚悟をしていた通り、大型商業施設も対象となった。

「シンジュク・ステーションモール」もそのひとつであり、本部は近隣の百貨店の動向を窺(うかが)っているという。全館休業とするのか、食品フロアは営業を続けるのか、生活必需品とはどこまで許されるのか。

その検討がなされる中、マルコの本社からも、レストランフロアは営業を続けるのかと再三連絡が入った。皆見は仕事どころではなく、事務所で電話をかけたり、駅ビルの営業部に足を運んだりと慌ただしい。

とにかく、急に決定されても困るのだ。いくつもある仕入先業者さんとのやりとり、本社が作成する店頭への掲示物、おまけにスタッフの心の準備というものもある。訪れたお客様からは「また休みになるの？」と訊かれ、「どうでしょうね」と応えることしかできないのでは、あまりにも情けない。

穂波さんへ電話ができたのは、心身ともに疲れ切った夜のことだった。

駅ビルは地下の食品フロアを除いて、すべての売場が休業することが決まった。都内の百貨店のいくつかでは、食品のほか、営業時間を短縮してレストランフロアの営業も続ける施設もあるようだから、「シンジュク・ステーションモール」は、思い切った決定をしたことになる。

穂波さんは私に同情の言葉をかけるとともに、「私もついに観念したよ」と、妙にサバサバした声で言った。

『トンネルの出口が見えない。今度ばかりは思い切って休んで、協力金をもらうことにした』

二回目の緊急事態宣言で、アルコールの提供時間が短縮された頃から、穂波さんはバカバカしくなってきたという。

『今の世の中、やってられないって思うのは、何も飲食店の人だけじゃないでしょう？神経をすり減らして、都心の会社に通って、ふらりと立ち寄ったオジサンにビール一杯出してあげることもできないんだよ。そんなの、私がやりたかった仕事じゃない』

お酒を出せないと伝えた時の、何とも言えないお客様の表情は、私もすでにマルコで何度も経験している。

この一年、私たちはずっとお客様の期待を裏切ってきたのだと思う。

もちろん私たちがそうしたかったわけじゃない。けれど、コロナ禍でも毎日通勤せざるを得ない人たち、仕事の後にちょっと仲間と息抜きをしたい人たち、我慢の果てに久しぶりに街に出てきた人たちに、閉まっている店や、変わってしまったメニューは、どれだけの失望を与えたことだろうか。

私たちの店は、どんな時でもお客様を迎える場所であるはずだった。そんな場所を提供することこそが、私たちの役割だったはずなのに、抑圧され、心にストレスを抱える人が溢れているまさにこの時に、美味しいお料理やサービスで、心の休まる場所を与えることができないのだ。

すでに一年以上も続く、長く苦しい日々が終われば、その時こそ、戻ってきたお客様を迎え入れるのだと信じてきたが、よりコロナ禍が深刻となった今だから、人々に求められているのではないかと思ってしまう。

もちろん、日々ニュースで伝えられるように、医療現場の方々に申し訳ないという思いは、ずっと変わらずに心の奥でくすぶっている。

しかし、私と同じ思いを抱いているのは、何も飲食業に携わる人だけではないだろう。旅行、観光、芸能、芸術、スポーツ、そのほか、これまで娯楽とか趣味で片付けられてきた多くのことが、どれだけ私たちが生きていく上で支えとなっていたかを、考えずにはいられなかった。

四月の後半、三度目の緊急事態宣言が出されると、私は二週間ちょっとのお休みとなった。あくまでも予定だが、休業の期間はゴールデンウィーク明けまでだ。休業初日、皆見たち社員は、昨年のように残された食材を片付け、掃除をすると言っていた。他店にヘルプに行くかどうかは、まだ本社と調整中らしい。とはいえ、営業可能な路面店は昨年よりも二店舗減っている。それこそ、「真っ赤なポモドーロ」にヘルプに行けと言われかねない。

私はひとつ、決意していた。自分の目で「真っ赤なポモドーロ」を見てくるのだ。だが、聞いていた通り、スマートフォンで検索してみても、都心には一店舗も見当らなかった。地図を見ると、東京を囲むようにして、近県の国道や県道という幹線道路沿いに点在していた。あくまでも、郊外のファミリー層が車で来店することが前提のようだ。都内から電車で訪れるには不便な場所ばかりで、皆見たちが本当にヘルプに行かされるとしたら、気の毒だなと思った。

マップを指でたどると、たいてい近くには大型のショッピングモールがあった。

何となく、レッドフードシステムがここ一年で急成長した理由が分かった気がした。コロナ禍も、地方に行けば都市部ほど深刻ではない。また、都市部でも、食料品などの生活必需品売り場は混み合っていた。郊外の路面店ならば、何となく安心感がある。きっと「真っ赤なポモドーロ」は、ショッピングモールの買い物客をうまくつかみ、私たちが味わったような苦労をせずに済んだのだ。

スマートフォンの画面を何度もスクロールして、ようやく目指す店舗を決めることができた。埼玉にある「真っ赤なポモドーロふじみの店」だ。

県境を越える移動はするなと言われているが、一人だから許してくださいと、心の中で頭を下げた。最寄りの鉄道駅からは遠いが、近くに大きなショッピングモールがあり、駅からはシャトルバスが出ていた。これならば、方向音痴の私でも迷わずにたどり着けそうだ。

出勤する時のように素早く身支度を整えると、いつものリュックを肩にかけて家を出る。そう、これは今日の私の仕事なのだ。

池袋に出て、乗ったことのない私鉄の改札を通った。百貨店も閉店しているせいか、通勤時間帯を過ぎた駅のコンコースの人通りも多くはない。そういえば、この百貨店の八階にもマルコが入っていたはずだ。

都心から郊外へ向かう電車は空いていた。ガラガラの車両を歩きながら、どこに座ろうかと思案するうちに電車は動き出し、揺れに任せて倒れ込むように近くのシートに座る。

駅舎を出ると窓から柔らかな陽ざしが差し込み、床に陽だまりをつくった。背中に感じる温もりが何とも心地よい。知らない風景が楽しくて、身をよじった私は、まるで子供のように窓の外を眺めた。視界を遮るように並んでいたビルやマンションが次第に間隔を開け、隙間から見える空が広くなる。

都心から離れるにつれますます空は広くなり、家よりも緑が多くなっていく。

何もかもが東京に集中しているんだな、とふと思った。

一年以上も行動が制限され、会社もリモートワークが広がり、地方に転出した人も少なくないというが、それでもなお東京がいいという人は多い。

狭い場所にぎゅっと凝縮され、何もかもが、少し手を伸ばしただけでたやすく手に入る。人が集まることで生じる熱気や、活力。日々、目まぐるしく変わる街のディスプレイや広告は、人々が生み出すエネルギーによって、次々と押し流されていくようですらある。広々とした田舎町で育った私でさえ、その刺激にすっかり慣れてしまい、今や東京を離れることなど考えられない。だから、耐え忍ぶしかないのだ。もとの生活が戻ってくるまで。

窓の外を、知らない景色が流れていく。

少し生活の場を離れただけで、ずいぶん俯瞰的にものごとを眺めている自分に気づく。日常とは違う体験が、意識を活性化させてくれるのだ。レストランだって、そういう場所のひとつだと思う。私は意識が冴えわたってくるのを感じていた。

電車を降りると、案内板を頼りにロータリーに向かった。

すぐに目に付いたのは、バスを待つ人の多さだった。すでに、小型バス一台では収まりそうもないくらいの人が列を作っている。

緊急事態宣言下である。しかし、ゴールデンウィークでもある。

そういえば、今回は同じ首都圏でも、都と近隣の県では休業要請に対する厳しさが違うことを思い出した。今や都内では、食料品以外の買い物や、映画鑑賞もままならないが、隣県のここならば可能なのかもしれない。しかし、いともたやすく越境できてしまえば、その政策もどうなのだろう。

「なんだか、ちぐはぐな世の中だなぁ……」

私は軽い衝撃を覚えながら、列の最後に並んだ。みんなマスクをしているとはいえ、人と人との間隔などあったものではない。これならばきっとショッピングモールも、その近くの「真っ赤なポモドーロ」も大盛況に違いない。なにやら、やるせない思いがこみ上げた。

「真っ赤なポモドーロ」に到着したのは、午前十一時を少し回った頃だった。八時からモーニングをしているとはいえ、ランチには早い時間のわりに混み合っていた。

ファミレスのように、店頭に置かれたボードに名前と人数を記入する。

待っているのは、家族連れが二組だった。どちらにも小さなお子さんがいて、親子三世代だ。ゴールデンウィークだからなのか、これがいつもの情景なのかは分からない。マルコでは久しく見ていなかった盛況ぶりに、少しだけ胸がうずく。

一人の私は「カウンター席でもよろしければ」とすぐに案内された。本当は店内がよく見える席がよかったのだが、贅沢を言って、店員を困らせてはいけないと、おとなしく従う。同業者の性(さが)だ。食事に行っても、つい下げやすいように皿を重ねてしまう。

案内してくれた女性はパートさんだろうか。私よりも一回りは年上に見えるが、制服はギリギリ膝が見えるタイトスカートだった。もしも、マルコが完全に吸収されてしまったら、私もあの制服を着ることになるのかと気が滅入った。

マルコの接客係の制服は、男女ともに黒いパンツスタイルである。白いシャツにネクタイと黒ベスト、そこに、白のロングエプロンを着ける。店長だけはスーツだ。

ロングエプロンの裾をさばいて、さっそうとお客様のテーブルに向かう瞬間が、私は何よりも好きだった。イタリアを中心として、欧州各地に足を運んだ丸子幸三郎が、フランスのカフェのギャルソン、つまり男性給仕のスマートな接客に心を打たれ、その制服にちなんだものだと聞いている。

「真っ赤なポモドーロふじみの店」は広かった。おそらく、テーブル数で言ったらマルコ新宿店の倍以上はあるだろう。店内にはガーリックの香りが満ちている。たいていがお子さん連れのためか、店内は賑やかだ。

カウンター席は、キッチンを取り囲むように配されていて、私の席からはキッチンに出入りするスタッフの姿がよく見えた。

オープンキッチンではないのがもどかしい。ドリンクを用意するバックヤードも壁の向こう側にあり、どんなふうにスタッフが動いているのかが気になって、時々、私は首を伸ばして中を窺った。

渡されたメニューも熟読した。意外なことに、ピザはメイン商品ではなく、サイドメニューの扱いだった。そのためか、二種類しかない。何のうたい文句もないことから、冷凍品をオーブンで焼くだけの、特にこだわりのない品だと感じた。そのことに軽いショックを覚える。これでマルコを買収するとはいい度胸だ。

それよりも驚いたのはパスタの種類の多さだった。トマト仕立て、クリーム仕立て、オイル仕立てとカテゴリーが分かれ、その中に様々な具材のメニューが並んでいる。中には、和風仕立てというジャンルまであって、これならば、幅広い世代、好みの人々にも受け入れられるわけだと納得した。細かく見てみれば、使っているソースも具材も似たようなものばかりだが、なにせこれだけのテーブル数である。調理場のオペレーションはどうなっているのかと畏怖の念を覚えた。

呼び出しボタンを押し、スタッフを呼ぶ。店の規模に反して、スタッフはそう多くはなく、慌ただしく動いている様子が同情を誘う。もっとも、いつも人員不足に頭を抱えていたマルコは、ここ一年は客数の減少でスタッフも手持ち無沙汰だ。そのくせ、なぜか極限までスタッフを減らした時に限って想定外に忙しくなり、とたんに店はてんやわんやの戦場と化す。

しばらく待って、ようやく来てくれたのはさっきの女性だった。

「お待たせいたしましたっ。ご注文はお決まりですかっ」

息を切らせた様子に、私も「あるある」と内心で頷きながら、メニューを指さした。

「ルッコラのサラダのハーフサイズと、モッツァレラチーズと茄子(なす)のトマトソースのスパゲッティ、あと、マルゲリータもお願いします。それから、ブラッドオレンジジュースを一緒に」

「パスタに、ピザもですか？」

見慣れたハンディーターミナルを片手に、女性が疑うような視線を送ってくる。

「お腹、ペコペコなんで」

私が目元で微笑むと、ほっとしたように頭を下げた。

「かしこまりました」

「カウンター席、初めて座りました。一人には落ち着きますね」

彼女の目が優しげに細められたことに気づき、忙しいのに迷惑かなと思いながら、つい話しかけてしまった。

「以前はなかったんです。でも、去年からお一人様がずいぶん増えましたから。中には、パソコンを使って、ここでお仕事をされる方もいらっしゃいます。昨年、二日間店を休んで、換気のための空調とか、仕切板とか、徹底的に工事をしたんです。その時に、カウンター席も作ったんですよ」

なるほどと思った。彼女はベテランパートのようで、すらすらと応えてくれた。

「いろいろと考えていらっしゃるんですね」

本心から漏れた呟きに、彼女はもう一度微笑んだ。「こんなご時世ですから」

聞きたいことは山ほどあったが、彼女は忙しそうであるし、私も厄介な客だと思われたくない。私は料理を待つ間に、スマートフォンで情報を集めた。

昨年、学校が問答無用にいっせいに休校となった頃から、レッドフードシステムは対策に取り掛かったという。小さなお子さんからお年寄りまで、ファミリーでのご利用が多い飲食店としては、「安心して家族でお食事を」というフレーズをウリにすることが第一だと思ったらしい。そのおかげで、今や一人勝ちと言われるほどの成長へとつながったのだ。

「先見の明というか、店の特徴を活かして、うまく手を打ったんだなぁ……」

先に運ばれていたブラッドオレンジジュースをすすりながら、感嘆の声を漏らす。もちろん大企業だからこそ、お金や人を迅速に動かせたのだと思うが、それでも見事としか言いようがない。

ふと視線をやれば、満席のテーブルの間を、さっきのパートさんがあくせくと走り回っていた。額に汗を浮かべながらも、お客さんに呼ばれて「はーい」と向ける笑顔は、マスク越しでも輝いていた。彼女も、この場所で精いっぱい、働いているんだなと思った。

ゴールデンウィークが終わり、当初の予定よりも緊急事態宣言が延長されることが発表された。しかし、どこの商業施設も生活必需品の範囲を広げ、「シンジュク・ステーションモール」も、ほぼすべての売場で営業が再開されることとなった。

ただし、営業時間は短縮されている。レストランフロアは午後八時までの営業で、アルコールの販売停止は継続となった。それでも、店が開くことの意義は大きい。

営業再開の前日、社員に交じって私も出勤し、店内の掃除をした。

昨年の休業明けは、店内のレイアウトを変え、すべてのテーブルにアクリル板を設置したことを思い出した。あの時は、新たな飲食店のスタイルに戸惑いや不安は感じたが、まさか、一年後も同じ状況が続いているとは考えもしなかった。その上、会社が買収されてしまうとは、誰が想像しただろうか。

社員たちもどこか浮かない顔で、黙々と準備に没頭している。昨年のように、「いよいよ営業開始だ」「休んだ分を取り戻すぞ」という雰囲気は一切感じられない。

料理の仕込みをするキッチンのスタッフとは違って、ホールの私たちは思ったよりも早くに手が空いてしまい、誰からともなくレジのあたりに集まっていた。

「休業中、皆見はどうしてたの？」

「俺はまた広尾のヘルプ。寺田料理長は、中目黒のヘルプ。昨年とは違って、今年のほうが忙しかったな。さすがに二年連続でゴールデンウィークがこれじゃあ、お客様だって耐えられないのさ」

「よかったね、『真っ赤なポモドーロ』のヘルプじゃなかったんだ」

「俺たちはな。でも、真中と宮園は行かされたぞ」

「そうなの？」

真中さんを見れば、眉を寄せ、屈辱的な顔をしているのがマスク越しでも分かった。

「あんなの、レストランじゃありません。あちこちで子供がぎゃあぎゃあ騒いで、まるで保育園です」

実家暮らしの彼女の家は千葉のほうで、最寄り駅からバスで三十分の「真っ赤なポモドーロ船橋（ふなばし）店」に行かされていたらしい。普段はつんと澄ました真中さんが、慣れない店で右往左往している姿を想像すると、何だか気の毒な気がした。

「ピザは冷凍、パスタだって、オリーブオイルとガーリックで具材を炒（いた）めて、そこにベースのソースを加えるだけでした。キッチンのスタッフも、一番のベテランが大学生のバイトだって日もあるんですよ。社員は基本的に、調理も接客も兼業で、まったく専門性が感じられません」

珍しく興奮したように語る彼女は、昨年ソムリエに興味をもち、ワインの勉強を始めたところだった。そうお酒に強くもないのにと感心したのだが、ようは皆見がソムリエ資格を持っているためらしい。動機はどうであれ、目標を持って一生懸命に取り組むのはいいことだと思う。

「でも、毎日すっごく忙しいんですよ。どこからこんなにお客さんが湧いてくるのって感じです。早くマルコに帰りたくて仕方なかったですよ」と、潤んだ瞳を皆見に向けた。

皆見は「よく頑張った」と真中さんの肩を叩いてやる。

いつの間にか、調理場の社員も集まっていて、皆見は宮園さんを真中さんの隣に招いた。彼女はさいたま市郊外の「真っ赤なポモドーロ」に行っていたという。

「宮園はどうだった？」

「はぁ、何というか、こっちもずっと忙しくて、まるで戦場でした。私のほうのキッチンには常に社員さんがいたんですけど、誰もが工場で仕込んだソースの味を信頼しきっているというか、調理に関しては、いたってテキトーなんです。マニュアルでは『レードル一杯』って決まっていても、とにかく忙しいから量もテキトーです。きっと、味のばらつきが大きいと思いますよ。簡単に仕上がるのはいいですが、プライドのない社員にはがっかりしました」

　私が抱いた感想とまったく同じことを宮園さんが言う。正直に言って、あの日食べた料理には少しも心を動かされなかった。まずいというわけではないが、マルコの料理に慣れてしまっている私にとって、「こんなものか」と失望すら覚える味だった。

「なのに、あんなに混んでいるんですから不思議ですよね。お客さんたち、みんな美味しい美味しいって食べているんです。おばあちゃんに抱っこされて、トマトソースで口の周りが真っ赤な子供も、フォークの使い方が絶望的に下手なおじいちゃんも、みんな楽しそうでした。それが、ちょっと悔しかったです」

　真中さんが呟き、寺田料理長も頷いた。

「誰が作っても美味しくできる、多少、レシピ通りでなくても、それなりに仕上がる。

むしろ素晴らしいことかもしれませんね。何より、お客さんが喜んでいるっていうのは、その店が求められているって証拠ですから」

　では、私たちの店は求められていないのか。寺田料理長の何気ない一言に私たちは沈黙した。はっとしたように料理長が慌てて取り繕う。

「いやだな、そういう意味じゃないんです。やりようによっては、このご時世でも成功する店はあるってことですし、誰でも安定して調理できる、半仕込み品を開発しているあちらの会社も、やっぱりすごいのかなって、そういうことですよ」

「私は負けたくないです」

　断固とした声で真中さんが言った。

「やっぱりマルコは最高だねって、お客様に思ってもらいたいです」そこで、チラリと宮園さんに視線を送り、「ごめんね」と断った後、私たちのほうを向いて続けた。

「同じトマトソースのパスタでも、私は宮園さんが作るよりも料理長が作ったもののほうが美味しく感じます。それはやっぱりプロの仕事であって、宮園さんと料理長では経験がまったく違うからだと思うんです。でも、そういうものじゃありませんか。いつ行っても同じ料理というのは、確かに安心感があると思います。だけど、常連さんは、『今日は料理長いないの？』とか、『店長はお休みなのね』って、私たちに訊いてくるじゃないですか。けっきょくは人なんです。味も、サービスも、人。そういうお店で働いているんだなって、私、今回つくづく思いました」

宮園さんは深く頷き、私たちは唖然として彼女を見つめていた。いつも冷めたような顔をして、淡々と仕事をしている彼女からは想像もできない言葉だった。

「その通りだよ、真中」

皆見が、娘の成長を見守る父親のように目を細めた。

真中さんと宮園さんは、私が退職したかなり後に入社した三年目の社員だ。

三年目の頃、私はどんなふうに感じ、考え、仕事をしていたのだろう。今よりずっと忙しい店内を、何も考えずにただ駆け回っていただけかもしれない。

私は真中さんと宮園さんに向き合った。

「実は、私も休みの間に、『真っ赤なポモドーロ』に行ってみたの。もちろんただのお客さんとして」

彼女たちだけでなく、皆見も料理長も、ぎょっとしたように私に顔を向けた。

「やっぱり二人と同じことを感じたよ。でもね、まったく業態やターゲットが違うってことにも気づいたの。私たちは、お客様とのやりとりを重視してきた。細かいことを言う方は厄介だし、面倒な注文をしてくる方もいる。けれど、そこには交流が生まれている。あなたたちはまだ三年目だし、去年からこんな状態だから知らないと思うけど、マルコは社員教育にもずっと力を入れてきたの。イタリアへの研修や、ピッツァイオーロを招いての勉強会、店で扱う食材やワイン、サービスの研究会だってあった。今は難しくても、またそのうちに再開される日がくると思う。そうやって、私たちはお客様に、お腹を満たすだけじゃない食事の楽しみを伝えてきたの。ポモドーロが、そんなことをしているとはとても思えない。マルコとは全然違うんだよ」

「マルコって、そんなにすごいんですか」

マルコがすごいかどうかは分からない。けれど、丸子幸三郎が、できる限り本場で感銘を受けた味やサービスを、日本で再現しようとしたのは事実だ。そのこだわりは、もしかしたらすごいことなのかもしれない。

「宮園さんはキッチンスタッフだから、当然、ピザもやるよね」

「はい。一人でピザ場になんてまだ立てませんけど、時々練習はしています」

「ローマのピザは薄焼き、ナポリピザはもっちり、っていうのは分かるでしょう？　特にナポリピザの特徴は、あの盛り上がった縁の部分」

殿下が大好きな場所だ。

「生地を伸ばす時、必ず手でやるよね。手しか使っちゃいけないって教わったと思う。発酵した生地を優しく潰して、中心から外側に伸ばしていく。その時に、生地の中の空気も外側に移動するの。焼くことで、その空気が膨れ上がって縁になる。ボコボコと波打ったみたいに膨らんでいるのは、そのせいなの」

だから盛り上がった表面はパリッと焼き上がる。キッチンスタッフでない私だって、それくらいの知識がある。もちろん勉強会に参加したからだ。

「ああ、そうか、そういうことなんですね」

宮園さんが大きな発見をしたように顔を輝かせた。「生地を広げるための方法としか、思っていませんでした。っていうか、深く考えたこともなかったです」

「いろいろやったよ、どのトマトの品種がピザのソースに合うか試したり、生地に使う水の温度を変えてみたり。そうやって、名物のピザを磨き上げたんだよね。もちろん、生地を伸ばす技術的な講習会もあったよ。私はキッチンスタッフではないから、ワインの勉強会のほうに興味があったけど」

「まぁ、昔は今よりも社員数も多くて余裕があったからな。本当なら、俺たちが若手に伝えていかなければならないことなんだろうけど」

皆見の言葉に、寺田料理長も頷いた。

真中さんと宮園さんは、真剣なまなざしで私たちを見つめていた。

二人のこんな顔は初めて見た気がする。その様子に、皆見はおかしそうに笑った。

「六花は社員だった頃、新入社員の研修チームにも選ばれるくらい暑苦しい奴だったんだ。分かるだろ？」

だから皆見は、これまでも配属された新入社員や、バイトの教育を私におしつけてきたのだ。おかげでずいぶんパートのくせにと煙たがられたが、それでも構わなかった。それが皆見との役割分担で、私に任された仕事だと思ってきたから。

私は興奮したように頬を上気させた二人に向き直った。

「だからさ、頑張っていこうよ。私たちがやりがいをなくしたら終わりだもん。いつも朝礼で言っているでしょう？『今日も、思いっきり楽しみましょう』って。それがマルコなの。『真っ赤なポモドーロ』なんかに負けていられない」

真中さんも宮園さんも大きく頷いた。「真っ赤なポモドーロ」でのヘルプ経験が、明らかに彼女たちの何かを変えていた。

皆見が煙草を吸いたいと言ったので、屋上の隅っこにある喫煙所に誘った。

若い後輩の前で威勢のいい声を上げ、どうにも恥ずかしくなってしまったのだ。

夏は暑く、冬は寒い屋外の喫煙所を使う人はめったにおらず、今日も無人だった。皆見も普段はバックヤードの喫煙所を使っている。

「まさか六花までポモドーロに行っていたとはな……」

壁にもたれた皆見が、深く吸い込んだ煙を長く吐き出した。ゆっくりと広がり、次第に淡く空気に紛れていく煙を、私は何となく目で追っていた。

「敵情視察ってやつ？　じっとしてはいられなかったんだよね。こんなに長期戦になると思わなかったし、まさか買収されちゃうなんて、考えたこともなかったから」

「どうだった」

「制服が膝上スカートだった。あれだけは着たくないな。あと十年したら、さすがにキツイ」

皆見は困ったように眉を寄せた。「さすがに、それはないだろう」

私の膝上スカート姿を想像し、十年後も「まだいける」と思ったのか、マルコがポモドーロに取り込まれることはないと思ったのかは、分からない。

「安心はできないよ。だって、レッドの奴らにしてみれば、都心の駅ビルに『真っ赤なポモドーロ』の看板を掲げられたら、それこそ夢みたいな話じゃない」

皆見は口をつぐんだ。でも、私が本当に話したかったのはそんなことではない。

「さっきは若い子の手前、ああ言ったけど、あっちはあっちでいいところもあるんだよ。真中さんも言っていたでしょ？　ポモドーロはいつでも満席なの。どこのテーブルでもファミリーが楽しそうに食事をしている。すごく美味しいとか、こんな味食べたことないっていう感動は、あのお店では必要ないの。ただ家族と楽しく食事ができる場所。それはそれで、ひとつの完成された形だと思った」

皆見は何も言わず、細く開いた口から煙を吐き出している。

「それにね、スタッフが一生懸命走り回っていたよ。忙しい時の私たちと同じ。当然だよね、このご時世、人手が余っているはずはないし、感染を恐れて、飲食店を辞めたバイトだって多いって聞く。べつに、ポモドーロを見下していたわけではないけど、あそこのスタッフも必死になって真剣に働いている姿を見たらさ、シンパシーを感じると同時に、やっぱり羨ましくなっちゃったよ」

今のマルコでは、走り回るほどの忙しさはない。

昨年、ポモドーロがいち早く店の内装に手を加えたことも話すと、皆見は灰皿に煙草を押しつける指に力を込めた。

「だからさ、レッドの奴らが、もうワンランク上の店を目指そうと思う気持ちも分かっちゃったんだよね。今の業態のレベルを上げたいのかもしれないし、新業態として、ちょっと本格路線を目指すのかもしれない。そのためにマルコの技術やスタッフが必要だったんだと思う。ブランド力を高めるためにも、東京への足掛かりを作るためにも。何かと注目されやすいのは、目立つ都心の店舗だから」

「……大丈夫かな、マルコ」

皆見が心細そうに呟き、マスクを着けたばかりなのに、もう一本、煙草を取り出した。

急に不安になったらしい。

「丸子幸三郎を信じるしかない。あの人が誰よりもマルコを愛しているんだから。弱音なんて吐いている場合じゃないよ、しっかりしろ、皆見！」

頼りない薄い背中を、私は思いっきりひっぱたいた。
二本目の煙草に火を点ける前に、皆見が大きく咳き込んだ。

第五章　たぶん、最後の波？

ゴールデンウィークが明けて数日後、いよいよ営業が再開されると、数日間は自粛の反動か、駅ビルに買い物客が押し寄せた。

その流れで、七階のレストランフロアもそれなりに賑やかになった。

けれど、お酒が出せないとあっては夜の引きが早い。都心に通勤している会社員も早めに帰宅して、夕ご飯は家で、という人が大半のようだった。

ディナータイムが始まってすぐ、真中さんが泣きそうな顔で私に駆け寄ってきた。

本気なのか、冷やかしなのか、案内した二人組の中年男性が、ワインリストを出せと言っているというのだ。真中さんが、「東京都では、アルコールの提供が禁止されています」と繰り返しても、「常連には出しているんだろう」とか、「そんなの、従っているのはアンタんとこくらいだよ」と絡んでくるという。

ちょうど皆見は公休で店にいない日だった。私は真中さんに教えられたテーブルに向かった。

「お客様、先ほどもお聞きかと思いますが、東京都では終日、アルコールの提供は禁じられております」

「レストランなのに、ワインも出せないって、それが客に対する態度かよ」と言われ、申し訳ありませんと頭を下げる。頭を下げながら、なぜ私が謝るのだと理不尽な怒りがこみ上げる。

「じゃあさ、あっちのテーブル、あれ、何飲んでいるの？」

ヨレヨレのスーツを着た男性が、不躾に隣のテーブルを指さす。そちらのお客様は、ノンアルコールのビールを飲んでいた。私が注文を受けたのだから間違いない。

「あちらは、ノンアルコールビールです。ノンアルコールでよろしければ、ワインのご用意はありませんが、ビールとカクテルをご用意できます」

ちっと男性が舌を鳴らす。連れの男は、「ホントにノンアルコールなの？　でもさ、グラスに注いじゃえば、見分けがつかないよね」などと、なおも絡んでくる。

すうっと、額が冷たくなるのを感じた。不思議だ。怒れば熱くなるものとばかり思っていた。冷たくなった指先を、私はぎゅっと握り締めた。

「ただいま、お酒は出せません！」

気づけば、大きな声を発していた。

急に態度が変わった私を、二人の男はぽかんとしたように見上げた。周りのテーブルのお客様も驚いたように食事の手を止めて私に注目していた。

しまったと思い、私は頭を下げて、絞り出すように言った。

「こちらだって、好きでメニューから外しているわけではありません。ワインを楽しみにされているお客様には申し訳なく思っておりますし、お酒があるほうが、お食事の場を盛り上げ、お料理の味を高めてくれることも、十分に分かっています。私たちだって、悔しいのです。お客様のご希望されるものをお出しできないことが何よりもつらい。どうか、それもご理解ください」

この政策が、本当に効果的なのかなど分からない。ただ、私たちは従うしかない。そうしなければ、店を開けることもできないのだ。そんな犠牲を差し出してまで、店を開かせてもらっているともいえる。

売上が落ちるのも困るが、私たちにしてみれば、要望に応えられないことが悲しかった。せめてもと思い、普段は店に置いていないノンアルコール飲料を発注した。値段にしてみれば、ほとんどソフトドリンクと変わらない程度のものだ。けれどそれすらも、アルコールを禁じられた飲食店の間で奪い合いとなり、発注してもなかなか入荷されなかった。

悔しい。何に対する悔しさかは分からないが、とにかく悔しい。私はうつむいたように頭を下げ続けた。

真中さんが呼んだのか、寺田料理長が出て来て、「失礼いたしました」と男性客に詫(わ)び、店内のお客様にも頭を下げてくれた。私もさらに深々と頭を下げる。男性客は、バツが悪そうに、けっきょく何も注文しないまま席を立った。

「ちょっと休んでいなよ」と料理長に言われたが、「いいえ、駅ビルのレストラン営業部に報告してきます」と、うつむいたまま事務所を出た。クレームでも入る前に、報告したほうがいいと思ったのだ。私はパートだが、社員の時からの顔見知りが駅ビル内に多いのが幸いだった。

営業部の人は、店側に非はないと思ってくれたようで、「災難だったね」と慰めてくれた。もちろん私も、自分が間違ったことをしたとは思っていない。

念のために皆見にもメッセージを送っておく。休みの日にまで悩ませたくなかったが、仕方のないことだと思った。

バックヤードの洗面所の鏡で、顔をチェックしてからお店に戻った。何事もなかったようにお客様が食事をしていて、スタッフが働いていた。

真中さんが私に気づき、にこっと目を細めた。

「かっこよかったです！　ありがとうございました」

それだけでなく、力強く拳まで握ってみせるから、私も吹き出した。

「あはは。なんかさ、溜(た)まっていたものを発散させちゃった」

「おかげで、私もスッキリしました！」

　これもきっかけとなったのか、真中さんがすっかり私に懐いた。手が空くたびにそばに寄ってきて、あれこれと話しかけてくる。

「昼間はまぁまぁでも、夜がとにかくダメですね」

「そうだね。お酒が飲めないせいか、ランチタイムの延長のような注文ばっかりだもんね。これじゃあ、客単価も上がらないよ」

「客単価アップを狙うのと、もっと多くのお客様に来てもらうのだったら、どっちが簡単ですか」

「どっちも難しいよ。まぁ、セールストークが上手なら、客単価アップは狙えるかもね。でも今は会話を嫌がるお客様もいるから、常連様以外は難しい」

「常連様なら、お勧めしなくたっていろいろと注文してくださるじゃないですか」

「じゃあ、集客だね。夜に外食するとしたら、どうして？」

「いきなり来店動機ですか。ええと、仕事の後の解放感を味わいたいからとか、一日頑張ったから、美味しいものを食べようとか。あとは、純粋に友達と会うための場所として、ですかね」

「そうだね、解放感も美味しいものも、どっちも味わいたいよね。でも、今は人に会うのはちょっと控えちゃうかな」

「まぁ、そうですね。私も、宮園さんとしか遊びに行きません。あ、だったら、お店の店員さんですよ。六花さんだって、しょっちゅうお客様に呼び止められて、お話ししているじゃないですか」

真中さんは、ちょっと羨ましかったんですよね、と笑った。

私がテーブルサイドで話していると、彼女はきまって不満そうな顔をした。彼女には私がサボっているように思えるんだろうなと感じながらも、お客様を無下にもできなかった。そういえば、最近、真中さんは私のことを「鈴木さん」ではなく、「六花さん」と呼ぶようになった。

「私も、お客様にちゃんと認識してもらえるようになりたいって、ずっと思っていました。明らかに、六花さんに会うのを楽しみに来ている方もいましたからね。まぁ、それだけじゃありません。例えば、ちょっとカッコイイ店員さんがいても、私だったら通っちゃいますね」

「真中さんだったら、皆見だね」

私がからかうと、真中さんは耳まで真っ赤にしてぷいっと目を逸らした。

このところ、真中さんがかわいくて仕方がない。皆見が昔から常連マダムに人気があったことや、結婚したとたん、それまで来ていた若い女性客がパタリと姿を見せなくなったことは、内緒にしておこうと思った。

「私だけじゃないよ。去年からお客様との会話が増えたと思わない？　真中さんだって、けっこうしているじゃない。特にお一人様。きっと、みんな人恋しくなっているんだよ。もちろん、まったく話さない方もいるけど、私たちだって、そういう方には必要以上に声を掛けないでしょう？　その距離感が心地いいから、無口なお客様も通ってくれているんだよ」

　けっして馴れ馴れしくするのではない。お客様にとって、心地よい雰囲気と適度な会話。それを作り出すことも、大切なのだと教える。

「あとはやっぱりお料理かな。ここでしか食べられない、時々、どうしようもなく食べたくなるようなインパクトのある味。その点、マルコは十分頑張っていると思う。ほら、お客様の好みに応じてアレンジしたり、苦手な香草を抜いたり、料理長に頼めばやってくれるよね。プロの料理人がいなきゃできないことだよ」

「それ、納得です。あとは香りかな。六花さんは感じました？『真っ赤なポモドーロ』、やけにガーリックくさかったんです。一日中あそこで働いていると、胸やけがするし、体にも染みついて、帰りのバスの中で恥ずかしかったです。ウチではそんなに感じませんよね。むしろ、薪窯から香ばしい小麦の香りがして、私、マルコのにおいが懐かしくなりましたもん」

やっぱり真中さんも感じたのだ。今までそう真剣に仕事に取り組んでいるとは思えなかった彼女が、意外と鋭く観察し、感じ取っていることに驚く。

「あっちはパスタが中心だったでしょう。オリーブオイルにガーリックのアッシェで具材を炒めて、そこに工場のソースをレードル一杯っていう工程が、ほとんどすべてのメニューで共通しているからじゃないのかな」

「そっか、そうですよね。ピザもスーパーで売っている冷凍食品みたいでしたもんね。ウチなんてほとんど店内仕込みですもん。あっ、そういうの、発信したらどうでしょう。ウチの会社、ウェブサイトも味気ないじゃないですか。今、みんな見ていますよ。特に、食べ物の情報は関心が高いです」

「なるほどねぇ」

SNS関係に興味のない私は曖昧に頷いた。穂波さんは活用していて、最近では、届いたメッセージの要望に応えるように、新しいメニューを考えているという。お客さんと直接交流する機会が減っても、つながる方法はいくらでもあると穂波さんは喜んでいた。

夫だった人も、常にパソコンに向かう仕事に就いていたためか、世の中の動きに敏感だった。スマートフォンに替えたのも、あの人がバックアップや設定をすべてやると言ってくれたからだ。それがなければ、私は今もきっと二つ折りの携帯を使っていたと思う。

でも、あの人の何でも知ったような態度がちょっと苦手だった。あの時の私は浮かれていたから、そんな彼の面倒見のよさを、愛情ゆえの優しさだと思い込んでいた。世の中に疎い私を、あの人は心配するふりをして、もしかしたら見下していたのかもしれない。そして、私が体を張って働く飲食業界をも。

私にとっては、最新の情報よりも、お客様こそが現実だった。

そのために、世間の休日も、夜遅い時間も働く。どうしてそこまでするのか、きっと、あの人には理解できなかったのだと思う。

でも、今、私にははっきり分かる。目の前にお客様がいるからなのだ。

すぐに返ってくる笑顔や、「美味しかった」の言葉。その、瞬時に得られる手ごたえこそが、接客業の一番の喜びにほかならない。

つい、頭に浮かんだあまり思い出したくない記憶を追い払うように、わざと明るい声を出した。

「だったらさ、べつに会社のウェブサイトじゃなくてもいいんじゃない？　新宿のマルコからの情報発信みたいな感じで」

「え～、でも、やっぱり会社組織ですから、本社の許可は必要なんじゃないんですか」

真中さんが困った声を上げた瞬間、「静かにしろ」と不機嫌な声が聞こえた。

驚いて振り返ると、難しい顔をした皆見が立っていた。今日は朝から、店に出たり入ったりと落ち着かなかった。もっとも、店も閑散としていて、真中さんと私、アルバイトの大学生が一人いれば十分だった。

「どうしたの、怖い顔して」

「六花、ホールを回って、テーブルのアクリル仕切板がちゃんと置かれているか見てきてくれ。真中は、店頭と店内の洗面台のアルコール消毒液の確認。もしも減っていたら、補充をしておいてほしい。あとは……」

都の職員による視察でも入るのだろうか。まばらにテーブルが埋まったホールをぐるりと一周した私は、仕切板に問題がないことを確認する。

皆見は店頭で掲示物のチェックをしていた。以前まではすっきりしていた店頭には、「感染対策徹底店舗」だの「酒類の販売を中止しております」だの、様々な掲示物がごちゃごちゃと貼られ、すっかり品がない。

かつて丸子社長は、店内が見えにくいからと、怒って店頭に貼られたポスターを剝がしてしまったことがあったという。よけいな掲示物よりも、中で働くスタッフやお客様の笑顔が大切だと、しつこく私も教えられてきた。

「ここ数日、レッドの幹部連中が、マルコをお忍びで視察しているらしいんだよ。本社もソワソワしている。もちろん、ソワソワしたところでどうしようもないんだが、たぶん、ほかの店で何かしら指摘があったんだろうな。今日は夏目マネージャーから電話がひっきりなしだ。ああしろ、こうしろってな」

「これまで静観していたけど、いよいよテコ入れを始めるのかな……」

買収が発表された直後から、マルコの半分近くが休業要請を受けて営業できなかった。その間も、「真っ赤なポモドーロ」は通常通り、いや、それ以上の売上を叩き出していたことは、実際に見てきた私にはよく分かっている。

いよいよ、これまで通りマルコを続けることができなくなるのかもしれない。店自体は変わらないとしても、やり方に口を出してくることは十分考えられる。

ようやく若手とも一丸となって、店を盛り立てようと策を講じている、まさにこの時に。

レッドの奴らも動きが早い。いや、だからこそ、昨年、どこよりも早くアクションを起こし、難局をチャンスに変えることができたのだ。私は歯嚙みした。

緊急事態宣言が延長されたまま六月に入り、皆見は月に一度の店長会議に出席するため、朝から本社に行っている。

けっきょく、レッドフードシステムの幹部はいつ店を訪れたのか、それとも新宿店には足を運ばなかったのかは分からない。それでも、しばらくの間、私たちはスーツ姿の男性客が来るたびに、必要以上に緊張し、わざとらしく感じられない程度に、活気ある店内を印象付けられるようふるまった。自分たちが運営する店を再確認するかのように、マルコの本社スタッフが訪れることもあり、私たちは常に気を引き締めて仕事をしていた。

今回の会議は店長だけでなく料理長も呼ばれていて、夕方になって戻ってきた皆見も寺田料理長も、ぐったりと疲れ切っていた。

「大丈夫ですか」

折りたたみ椅子をふたつ並べればいっぱいになってしまう事務所に座った二人の前に、真中さんがアイスコーヒーのグラスを置く。

私、真中さん、副料理長、そして宮園さんまでもが、息が詰まるほど狭い事務所で、沈黙した皆見と料理長を見守っている。

突然、皆見が、ああ〜っと大きな声を上げた。

「もう、どうしたんだよ、みんな。暑苦しい。今、ここ、すっげぇ密状態だぞ！　いくらマスクをしていたって、さすがにまずいんじゃないか」

わざとらしく悪態をついた皆見に、私が率先して訊ねた。

「みんな心配なんだよ。本社でどういう話があったのか聞かせてほしい。これから、マルコはどうなっちゃうの」

皆見は料理長と視線を交わし、小さく咳(せき)ばらいする。私たちをぐるりと見まわし、さっきまでとは違って、店長らしく落ち着いた声を発した。

「安心してください。『マルコ・ピッコロ』も『カジュアルイタリアン・マルコ』も、既存店はそのまま営業を存続できるそうです」

真中さんが「やった」と声を上げ、私たちはほっとして表情を緩めた。

だが、次の瞬間、「しかし」と皆見の低い声が続き、はっと息を呑んだ。

再び、緊張感が広がる。

「いくつか、あちらの要望に従わねばならないこともあります。とにかく現在、マルコの経営状況は最悪です。立て直すべく早急に効果ある方法を取ること、かつ、経費の大幅な削減も要求されています。材料効率、人件費、光熱費、とにかくいろいろです」

わざとらしい丁寧な口調に、かえってイライラした。皆見自身がまだ受け止めきれておらず、聞いたままを淡々と伝えているような印象を受ける。

「……あの」

宮園さんがおずおずと手を上げた。

「ここ最近、向かいのステーキ屋さん、いつも暗い中で開店準備や閉店作業していますよね。以前は電気をつけていたのに。そういうことでしょうか」

「まぁ、それも要求のひとつです」

皆見は真面目な顔で頷いた。私たちも薄暗い店内で仕込みをしたり、レジを開けたりしなくてはならないのかと情けなくなった。

「店長、はっきりと伝えたほうがいいです。レッドからの要望をすべて。どうせ、ウチの本社もすべて呑んだんですから。そのうち、決定事項として通達が来ますよ」

いつもは穏やかな寺田料理長が、どこかなげやりな口調で言った。

皆見は一瞬だけ弱ったように視線をさ迷わせたが、すぐに顔を上げた。

「店頭が地味すぎるそうです。もっと、店のコンセプトやメニューを伝えるインパクトある掲示物が必要だと。こちらは、すでにレッドの営業部のアドバイスのもと、ポップやタペストリーを作成中とのことです」

レッドが契約している会社がデザインしていると聞いて、とたんに嫌な予感がしてくる。

これまで、あえて掲示物を置かなかったマルコの店頭だ。ポモドーロのような、妙にイタリアっぽさを強調した品のないものなど置きたくない。

「メニューに関しては、当面、このままでいいそうです。ポモドーロと共通の食材や、あちらの工場での仕込み品を使うという提案も出ましたが、マルコの味は、技術も含めて、さらなる研鑽(けんさん)を積んでほしいと。そこで、大きく問題になったのは人件費です。この一年、客数が落ちた分、当社でも可能な限り人員は切り詰めてきました。また、店の質を落とさずに運営するために、最低限必要な人数というのもあります」

　皆見の話はまどろっこしかったが、誰もが真剣に聞き入っていた。

「これは、単に人員を切り詰めればいいという問題ではありません。コロナ禍によって、お客様とのかかわり方、サービスの仕方が、大きく問われることになりました。これからの飲食業界のために、考えていかなければならないことでもあります」

「いったい、何が言いたいの？」

　さすがに私は耐えられなくなった。人件費と聞けば、パート従業員である私にとっては他人事ではない。真っ先に勤務時間を削られてしまうかもしれないのだ。

「タブレットを使用した注文形式の導入です」

「タブレット？」

　声を上げたのは私だけではなかった。いつの間にか、私たちの後ろには社員だけでなく、アルバイトも含め、今夜出勤しているすべてのスタッフが集まっていた。もちろん、事務所には入りきれないから、半数以上がバックヤードのほうから覗き込んでいる。

「つまり、チェーンの居酒屋みたいに、それぞれのテーブルにタブレットがあるってことですか」

「そういうことだね」

　寺田料理長が頷いた。

「お客様との交流はどうなるんですか。注文を受ける時が、一番親密にお客様とかかわるチャンスじゃないですか。お料理やワインをお勧めしたり、ご要望を伺ったり。それって、サービスマンにとって一番の見せ場ですよね」

「ホールのスタッフがお勧めしてくれるから、僕らの料理の魅力もお客様に伝えることができていた」

料理長の言葉に、全員が大きく首肯する。

「ポモドーロは、早くてこの夏から、順次タブレットの導入を始めるそうだ。もっとも、あちらは店も広いし、少ないスタッフで効率よく営業するために必要不可欠なんだろう。チェーンの居酒屋を使い慣れた客層とかぶるし、子供さんにとってもタブレットは遊び感覚で使える。効率という面だけでなく、人との接触を避けるというのは、コロナ禍ではどこでも考えていくことだからな」

皆見の口調がもとに戻った。やってられるか、という思いの表れのようで、こっちのほうがよほどいい。

「でも、お客様と接しないなんて、サービスとは言えないよね。細かいご要望はどうやって聞くの？　何か要望があっても、口をつぐんでタブレットの中で注文を終わらせろっていうの？　だったら、私たちの役割って何？　出来上がったお料理を運ぶだけ？　それなら、いずれお料理だってロボットが運ぶようになるよ。人と人とが接することによって生み出される喜びが、絶対にあるはずでしょう？　マルコはこれまで、それを大事にしてきたんじゃないの？」

気づけば、早口でまくし立てていた。この前の、執拗にアルコールを要求してきたお客様の時と同じだ。

皆見は驚いた顔をし、真中さんは「来た！」というように目を輝かせた。

それでいい。私はいつだって、みんなの意見を代弁する覚悟だ。

もちろん、皆見に言ったところでどうしようもない。しかし、ずっと押し込めてきた不満はもう止められなかった。もはや、レッドフードシステムの横暴な要求に対してだけにとどまらなかった。昨年から始まった、飲食店に対する世間の冷たいまなざし、用はないとばかりに関心を示さない態度、しっかりテーブルを消毒しているにもかかわらず、疑い深そうに「もう一度拭いて」と要求するお客様、ワインも出せないレストラン、通勤電車の中で、隣の人の咳に怯えて距離をとってしまう自分自身。

そんなすべてのものが忌々しくて、とめどなく怒りがこみ上げてきた。

世の中が変わってしまう。私がこれまで信じ、大切にしてきたものが壊れていく。

自分ではどうすることもできない無力感まで加わって、私は叫び続けた。

「皆見はそれでいいの？　納得できる？　みんなは？」

もう少し我慢すればと、手探りでこの一年を耐えてきたというのに、トンネルの先で待ち構えていたのは、これまで通りの日常ではなく、私たちなど必要とされなくなった世界なのか。この一年で少しずつ水位を増してきた心の底の濁った水は、今度こそ止めることなどできなかった。相手がお客様ではないという安心感も手伝って、私はひときわ大きな声を上げた。

「そんな店になるんなら、もう働きたくない！」

ほかに発言する者は誰一人いなかった。真中さんも、宮園さんも黙り込んでいる。

静まりかえった事務所で、しばらくして冷めた声が上がった。

「仕事が楽になるんならいいんじゃない？　お客様が自分で注文するなら、オーダーミスで怒られることもないし。だいたい、こっちのミスじゃなくて、はっきり伝えなかったお客様が悪いってのが大半だったもんなぁ」

大学生のバイトだった。

「鈴木さんはパートだもん、嫌なら辞めればいいと思います。私も辞めようかな、社員の人には悪いけど」

これもまたバイトの女子大生だ。

瞬時に頭に血が上った。違う。私はバイトのあなたたちとは違う。そんなに簡単なものじゃないのだ。だって、こんなにマルコが好きなのだから。社会人となってから、ずっとここで生きてきたのだから。

私は声がしたほうをきっと睨みつけると、泣きそうな顔をした真中さんと宮園さんをかき分けて事務所を出た。

「あんたたちこそ、辞めちまえ！」

最後に、思いっきり叫んでやった。

中途半端な時間に店を飛び出してしまった。

屋上に出たが、生温い夜風ではなかなか体の中の熱を冷ますことはできなかった。自己嫌悪で押し潰されそうだ。いい年をして、感情的になってしまったことへの恥ずかしさ、仕事を放り出してきた情けなさ、そして、これまで守ってきたものが覆されそうになる虚しさ。バイトとはいえ、同じ店で働いてきた仲間さえもが、いとも簡単にそれを受け入れてしまおうとすることも悲しかった。

タブレットが導入されてしまえば、私たちの仕事はたちまち味気ないものになってしまうに違いない。料理を運び、片付け、レジを打つ。それこそ、専門性も何も必要とされず、今まで身につけてきた知識はいったい何だったのだろうと思ってしまう。

本当にタブレットは導入されるのか。どこまで、私たちの意見は聞き入れられるのだろうか。果たして、丸子社長は納得しているのか。

私は頭の中でぐるぐると考え続けた。

思いを巡らせているうち、いつしか、タブレットを置いた場合のテーブルの配置を考えている自分に気づいてぎょっとする。アクリル仕切板も含めて、テーブルのセッティングも考え直さなくてはならないなとか、ピザを食べた手でタブレットを操作すれば絶対に画面が汚れるから、ますますテーブルの片付けが大変になるなとか、そういうことだ。それに、新宿店には高齢の常連様も多いから、タブレットの操作法を説明することも必要だろう。

辞めると息巻いて飛び出したくせに、そんなことを考えている自分がおかしかった。けっきょく、私は辞めるつもりなど少しもないのだ。

納得できないし、はっきり言って、やりたくない。

やりたくなければ、マルコにこだわる必要はない。けれど、いくらパートでも、そんなに簡単に仕事を辞めていいものなのか。転職経験のない私にはよく分からなかった。思えば、これまで辞めたいと思ったことはなかった。そこには、田舎を飛び出したという意地もあった。

大学生まで故郷で過ごしてきた。そのまま、父親のように地方公務員にでもなればいいと思っていた。けれど、ふと、それでいいのかと立ち止まってしまったのだ。

その瞬間から、もっと広い世界を知りたくなった。知らない町で暮らしてみたくなり、手当たり次第に、東京の会社を検索した。「イタリアの食文化を日本へ」と、熱く語った丸子社長のインタビューを読み、勢いで入社試験を受けた。

　思えば、当時から丸子幸三郎は様々な媒体に顔を出していた。それを見て、ますますマルコだと思った。まずは東京、そして次はイタリア。未来が、どんどん先に開けていくような思いが、あの時は確かにしたのだ。

　残念ながら、イタリアに研修に行く機会には恵まれなかったけれど、穂波さんや皆見と出会い、勉強と称して背伸びをしてレストランを食べ歩いた生活は楽しかった。そして、常に忙しいマルコで、夢中になって働くことが何よりも楽しかった。

　あちこちのテーブルで呼ばれるたび、求められていると思った。ホール、キッチン、多くのスタッフで力を合わせて動かすレストランの仕事は、まさにチームプレイのようなものだから、仲間と、喜びも苦しみも共有することができた。

　今、その仲間たちは新たな難題を突き付けられ、頭を抱えている。自分だけ、そこから逃げ出すことなどできるはずがない。

　この一年で飲食業界の常識は覆され、外食をしなくても、人々は別の方法で家庭での食事を楽しむことを発見した。デリバリー、一流レストランの味に遜色のない冷凍食品。家で過ごす時間が増え、まるでシェフのように手間をかけて調理し、芸術品のように盛り付ける人まで大勢いる。ならば、私たちだってできるはずだ。今の困難に打ち克つことが。人間はどこまでもたくましい。

私は、新宿の夜景を眺めた。

午後九時を回っても、ビルの窓にはいくつもの明かりが灯っている。新宿通りのほうは、薄曇りの空が繁華街の明かりを鈍く跳ね返している。近隣にいくつもある病院では、夜通し感染した患者の治療にあたる人々がいる。それぞれの場所で、今、できることを懸命に頑張っている。

私は、なんて些細(ささい)なことで腹を立てていたのか。マスクをはずし、生温い空気を思いっきり吸い込んだ。肺が空気で満たされる感覚は、ずいぶん久しぶりだった。

「断固阻止だな」

世の中が変わっても、失くしてはいけないものがある。

それは、人と人との交流である。

ニュースで、何度、目にしたことだろうか。「常連さんに申し訳ない」と悲しい顔をする居酒屋の主人、面会を許されない入院患者の家族、「直接手を握ってあげたい」と目じりに涙を浮かべる、認知症の母をスマートフォンの画面越しに眺める中年男性。

そういう人々に比べれば、飲食店での接客など取るに足らないことかもしれない。

けれど、常連様の中には一人暮らしのご老人や、いつも一人で訪れるお客様もいる。私たちと触れ合うことで、その方たちも孤独から救われているかもしれない。人々のささやかな喜びのために、マルコはこのままであり続けたい。

私はもたれていた手すりから勢いよく体を離し、エレベーターへ向かった。

七階のレストランフロアはひっそりとしていた。薄暗い中、まだ閉店作業をしている店もあれば、真っ暗ですでに無人の店もある。マルコを覗くと、バックヤードの奥の事務所からうっすらと光が漏れていた。

気まずさをこらえて、おずおずと顔を出した。

「六花さん！」

小型犬のように飛びついてきたのは宮園さんだった。事務所にいたのは、皆見と料理長、真中さんと彼女で、今日出勤している社員が揃っていた。閉店作業の後、バイトたちは先に帰したようだ。

「財布とスマホか？　気が短いところ、昔から変わらないな」

皆見が冷ややかに言い、引き出しを開ける。事務所を飛び出したはいいが、貴重品は事務所に保管している。皆見たちは、私が絶対に戻ってくると思っていたようだ。

しかし、そのために戻ったのではない。いや、もちろんお財布とスマホも必要だが。

「もう一度、ちゃんと話をしたくて。皆見は、本当にそれでいいと思っているの？　本社が言えば、何でもおとなしく従うの？　それが店長なの？」

冷静になるつもりが、うまくいかなかった。皆見は呆れたように宙を仰ぐ。

「お前が一方的にわめいて、飛び出したんだろう？　俺はみんなの意見を聞くつもりだったんだぞ。だから、仕切り直しだ。さすがにバイトは帰したけどな」

「……待っていてくれたの？　私、パートだよ？」

戻ることを見透かされていたようで、バツが悪かった。

「気にしすぎだよ、店長と同期のくせに」

料理長が笑うと、真中さんが真剣な顔で頷いた。

「私たちにとって、誰よりも頼りになる先輩です」

ふいに胸が熱くなった
「店長、タブレットの話は、決定事項なんですか」

あらためて訊ねたのは、宮園さんだった。

「いや、さすがに社長をはじめ、本社の連中も頭を抱えている。確かに、無人や、非接触でのやりとりは、小売店や飲食店で注目されている。でも、果たしてそれをマルコで取り入れていいのか、いくらレッドからの要望とあっても、簡単に返事ができることではない」

「だったら、徹底抗戦すればいいじゃないですか。マルコの料理に口出しできなかったのは、今のままがベストだからってことですよね？　だったら、サービスもワンセットのはずです。ここはピザやパスタだけの店じゃありません。本場ナポリの味と雰囲気を、東京で味わってもらいたい。そんな社長の熱い思いから誕生したのが、マルコじゃないですか」

　真中さんのきっぱりとした口調は、頼もしくさえあった。私は横から援護射撃を送る。

「そうだよ。だいたい、本社が反対しないのがどうかしている。丸子幸三郎が黙っているわけないよ。現場からの反対意見が圧倒的になれば、流れが変わるんじゃないかな。レッドの奴らに、『真っ赤なポモドーロ』にはとうていまねできない、マルコのサービスを見せつけてやろうよ」

　いつの間にか、真中さんが私の右手を握りしめていた。私たちは顔を見合わせて頷き、「やりましょう！」と声を揃えた。

「まぁ、そうだよな、そうなるよな」

　皆見は大きく頷いたが、手のひらは胃のあたりを押さえていた。

「よし、じゃあ、僕らはサービスマンにお勧めしてもらえる、魅力的なメニューを考えるしかないね。幸い、今は本社から、何でもやってみろと言われている。あえてメニューツールは作らず、口頭でのみ紹介するメニューというのはどうかな。残り何食なんて言われれば、お客様だって興味を持ってくださるでしょう」

「料理長はずるいよなぁ」

　皆見は立ち上がると、「タブレットの導入に断固反対する」と、自分に言い聞かせるように、拳を高く突き上げた。

数日後、出勤すると、店頭に大きな包みが置かれていた。

店の奥では、ダウンライトの下で寺田料理長がすでに仕込みを始めている。

以前よりもかなり暗い。「おはようございます」と声を掛けてから、レジの後ろのスイッチで、ホールもダウンライトだけ点灯した。ぼんやりと浮かび上がった店内は、まだ夜の底でまどろんでいるようだ。

「もともと窓はないですけど、こう暗いと、これから開店だって気になりませんね」

オープンキッチンに向かって声を張り上げると、料理長は手を止めて顔を上げた。

「そうだね。手元が狂ったり、異物混入したりしないように、気が抜けないからばっちり目は覚めているけどね」

「私も床のごみを見落とさないようにしっかり掃除します」

なんだろう、この爪に火を灯すようなやり方は。節約は日々の積み重ねが重要だと分かっていても、わびしい思いを拭えない。

店頭に置かれていた段ボールは、本社から届いた新しい看板で、イタリア国旗の上にピザのイラストが描かれ、さらに「ＰＩＺＺＡ」としつこく表記されていた。こんなものがなくても、入口から見えるピザ窯で一目瞭然である。よく本社が了解したなと眩暈すら覚えた。

それだけではない。つい先日まで、テーブルに置かれていた紙ナプキンの籠を撤去するように言われた。注文を取った後、カトラリーをセットする時に、人数分持っていけばいいというのだ。実にケチくさい。

ピザを食べればどうしたって手や口元が汚れる。中には、籠に入った紙ナプキンを使い切ってしまうお客様もいるけれど、突然の変更に常連様は「あら」と首を傾げ、「足りないから、もうちょっともらえる？」と頼まれる。

ほかにも、いくつかの提案があった。もちろん、レッドフードシステムからである。テーブルにセットしておく布ナプキンはやめていいのではないかとか、布ナプキンも紙ナプキンもやめて、タオルのおしぼりにすれば、それだけで済むのではないかとか、サービスの質にかかわることだった。

「カジュアルイタリアン・マルコ」は、カジュアルとはいえ、レストランである。テーブルにセットされた白いナプキンはその象徴のようなものだ。これがあるから、少し高めの価格設定も説得力がある。

日々、細かい変更や連絡事項があり、それを伝えるために夏目マネージャーが毎日のように顔を出していた。

布ナプキンについては、夏目さんを捕まえて、必死に廃止の反対を訴えた。

マルコとして絶対に譲れないという意見は他店からも相次いだようで、何とか押し通すことができた。この調子で、タブレットの導入も踏みとどまってもらえないものかと、私たちは徹底抗戦の意思をさらに強くした。

事務所で夏目さんと皆見が話し込んでいるのは、今ではすっかり見慣れた光景である。六月の後半からは、ようやくアルコールの終日提供禁止が緩和され、以前のように午後七時まで提供可能になるらしい。てっきり、その準備のために夏目さんが訪れたのかと思ったが、まったく違っていた。

「六花」と呼ばれ、事務所に行く。真中さんが心配そうにBホールから私のほうを見ていた。事務所には寺田料理長もいた。

中央に座った夏目さんは、私たちの顔を順番に眺めた。緊張感が漂うこんな時でも、夏目さんの目は細く、優しそうな印象だった。皆見だけはすでに内容を聞かされているようで、一段と難しい顔をしていた。

「これまで、レッドフードシステムの要望にずいぶん従ってきました。タブレットに関しては、『真っ赤なポモドーロ』もまだ試行段階で、具体的ではありませんが、店頭のイメージアップや、経費の削減については、これからきっと効果が表れてくると思います」

「でも、効果といっても、たかが知れていますよね。店頭のイメージアップで、お客様の来店が倍になるならともかく、せせこましい努力ではたいした削減になると思いません」

　もちろん、タブレットが導入され、それによって人件費が削れるというのなら、経費削減に大きく貢献できる。しかし、もちろんそんなことは口にしない。

　夏目さんは目をいっそう細くして頷いた。

「そう。その通りなんです。削減しても、売上がないことには意味がないんです。何とかして、売上を作り出したい。それは、もう一年以上、皆見店長も、寺田料理長も、鈴木さんも、いろいろとアイディアを出して、頑張ってきてくれました」

　しかし、けっきょく大きな売上にはならなかった。売上の前年比を見れば、一時はマイナス幅が縮まったものの、依然としてマイナスのままである。もっとも落ち込んだ、昨年四月、五月のマイナス分を取り戻すには、どうしたらいいのか見当もつかない。

「レッドからの命令です。店内で売上が取れないなら、外から取れと。かといって、テイクアウトやデリバリーだけでは不安定ですし、テイクアウトがあまり振るわなかったのもすでにご存じの通りです」

「どうしろって言うんですか？」

　たまりかねて、私は訊ねた。どうも、マルコの男性社員はみんなまどろっこしい。

「弁当の製造だ」

皆見が言い、「お弁当?」と思わず訊き返した。

「ああ、もちろん、店頭で販売するわけではありません。それではけっきょく、来ていただいたお客様が対象となり、これまでのテイクアウトと変わりません。ようは、求められる場所に、マルコのランチボックスをお届けするということなんです」

皆見の「弁当」に対し、夏目さんは「ランチボックス」という言葉を使い、思わず笑いそうになったが、必死に呑み込んだ。「求められる場所?」

「今、本社がレッドの営業部と一緒になって取引先を探しています。江東区の自社工場および製造可能なマルコ各店でランチボックスを製造し、取引先にお届けします。路面店は問題ありませんが、テナント店ではビルオーナーの許可が必要になりますから、全店というわけにはいきませんが、幸い、『シンジュク・ステーションモール』では認めてもらえました。駅ビルとしても売上は必要ですし、コロナ禍での窮状をよく理解してくれています」

なんだか、すごい話になっている。最近、夏目マネージャーが通ってきていたのも、そのためだったのかと納得がいった。

「でも、店の営業もあるわけですし、そう簡単じゃありませんよ。営業前の、仕込みの時間に弁当の製造も加わるわけでしょう? そのためにスタッフを増やせば、本末転倒ですし」

難色を示した寺田料理長に、夏目さんは頷いてみせる。

「もちろん、大変になることは分かっています。お店の営業に支障を出すわけにはいかないという、寺田料理長のお気持ちも理解できます。でも、ランチボックスは、そのまま確実な売上のプラスとなります。朝の仕込みの時間に、スタッフを増員することも、本社からヘルプに行くことも検討中です。とにかく、起死回生の策なのです」

どうやら、もっとも数を製造できる工場のほうでは、近隣のいくつかの病院への配達が決まっているという。医療従事者の方々は忙しいだけでなく、外食も避けているに違いない。たまには違ったメニューもほしいだろうということで話がまとまり、院内の売店に置かせてもらえることになったという。

「そういうの、いいですね。ほら、去年の夏。皆見は覚えている？　看護師だったっていう方が、店内で騒ぐお客様を見て、怒って帰っちゃったじゃない」

「ああ、そんなことがありましたね」

皆見から報告を受けていた夏目さんは頷いた。

「あのお客様、マルコのピザが食べたかったって言ってくれましたよね。看護師を辞めて、ようやく外食をすることができたから、我慢していたマルコに来たって。結果的にはお店に入っていただけませんでしたけど、そういう方は、ほかにもいらっしゃると思うんです。もちろん、マルコを知らない方でもいい。いいえ、むしろ、そういう方にマルコのお弁当を食べてもらえたら、嬉しいじゃないですか」

「世の中が落ち着いたら、来てくれる、なんてこともあるかな」

「皆見は欲張りすぎ。そううまくいかなくてもいいよ。とにかく、マルコのお料理を食べて、美味しいって言ってもらいたい。それが、大変な思いで働いている人たちの、ちょっとした支えになるなら、それこそマルコも嬉しいじゃない」

夏目マネージャーがにっこりと笑った。東照宮(とうしょうぐう)の眠り猫のように目がなくなる。どちらかというと夏目さんはたれ目だから、眠り猫よりもずっと優しそうな顔になる。

「鈴木さんは乗り気のようで安心しました。どちらにせよ、これはすでに決定事項で、従うしかありません。都心ならば大きな病院も多いですし、やはり医療機関がいいですかね。まとまった数なら工場の車を出しますし、売店に十個単位で置く程度なら、デリバリーを使うかもしれません。いずれにせよ、店舗を配送で煩わせることはありませんので、そこは安心してください。メニューも、すでに工場で試作をしていますから、あえてオリジナリティを出す必要はないと思います。僕らも、とにかく店舗には極力負担をかけないようにと、常にその意識で動いています」

「いや、やるからには、中身も考えさせてください」

寺田料理長が言った。

「せっかくだから、マルコ新宿店の美味しい弁当を食べていただきたいじゃないですか」

皆見が心配そうに料理長の顔色を窺う。しかし、料理長の意思は固そうだった。やるからにはとことんやる。それがこれまでの寺田料理長のスタンスだと、皆見も、私もよく分かっていた。

「承知しました。パッケージは全店共通で、すでに工場に届いていますから、試作用に、早急にいくつか持ってきましょう。内容が決まり次第、連絡をお願いします。手伝いやアドバイスが必要なら、いつでも声を掛けてください。すぐに飛んできます」

ほかにも店舗を回らなければいけないようで、話を終えると、夏目さんは慌ただしく事務所を出ていった。

私たちは呆けたように事務所の天井を眺めていた。

「まぁ、売上に口を出すのは当然のことだよな」

「うん。でも、ちょっとほっとした。タブレット導入が正式に決まって、七月あたりから置けって言われたらどうしようって思ったもの。ほら、オリンピックもあるしさ。あれって、外国語表示もできるんでしょう？　海外のお客様が来た場合……」

「ああ、できるはずだ」

「あ〜、もう黙っていてください。気が散るじゃないですか」

寺田料理長の声に、私と皆見は驚いて口をつぐんだ。

お弁当製造の話には驚いたものの、すでに拒否権がないとあっては、受け入れざるを得ず、でもまだぼんやりと実感がなかったので、つい皆見といつもの調子でちょっとした現実逃避をしてしまったのだ。

「料理長、もしかして、もうメニューを考えていたんですか……？」

「当たり前じゃないですか。だって、工場では、もう内容まで決まっているんでしょう？　駅ビルも了承したのなら、本社だって一刻も早く始めたいに決まっています。いくらレッドからの命令だと言っても、どれだけの売上になるかで、今後の対応だって変わってくると思いますよ。だったら、手を抜くわけにいかないじゃないですか」

どうやら、一番事態を深刻に受け止めているのは料理長のようだった。

「なら、単に売上だけの問題じゃないよな」

「そりゃそうですよ。内容も勝負です。レッドの奴らに、おっと言わせるものじゃなくちゃいけません」

「ちょっと待ってください。お客様が喜んでくれる内容が最優先じゃないですか」

「もちろん、それが大前提です。だからこそ、レッドも、おっと言うんです。こんな弁当、ウチじゃ無理だって思わせないと」

寺田料理長は闘志を燃やしている。最後まで、皆見も料理長も「ランチボックス」という言葉を使わなかった。それが、私には少しだけ面白かった。

翌朝には夏目マネージャーがパッケージを持ってきた。

環境にも配慮したという竹パルプを使ったもので、サイズはだいたい二〇センチ×一五センチの長方形。深さもそれなりにあるが、仕切はない。参考までにと工場で試作したランチボックスの写真を見せてもらうと、ショートパスタやオムレツ、フォカッチャ、チキンの香草焼きなどがぎっしりと詰まっていた。マルコのメイン商品はピザなのだが、工場にピザ窯はなく、オーブンで焼いたものを入れるよりは、フォカッチャにしたとのことだった。

夏目さんは用件だけ済ませると、今日も慌ただしく次の店に向かってしまう。

料理長は腕を組んで、渡された写真を眺めながら言った。

「僕も、正直ピザは難しいと思っています。だって、お客様は弁当を温めて食べられる環境にいるとは限らないでしょう。冷めて固まったチーズは美味しくないです。それでがっかりさせたら、マルコの恥です」

「でも、ピザがあったほうがマルコらしさはあるよなぁ。六花はどう思う？」

皆見はどうやら、どこまでもマルコをアピールしたいらしい。

二人に見つめられ、私は必死に穂波さんの店のランチボックスを思い出した。

穂波さんも、サンドイッチやデリ、ランチボックスと手を変え、品を変え、テイクアウト需要を掘り起こそうと必死だった。彼女が常に考えていたのも、冷めても美味しくて、店で食べるのと味の差が大きくならないものだった。だから、チーズや、クリーム系のものは使っていなかった気がする。

「あっ、マリナーラ！」

ピザのマリナーラといえば、ナポリでもマルゲリータよりも起源が古い。トマト、ガーリック、オリーブオイルと、オレガノまたはバジルで作ったマリナーラソースを使った、チーズののらないピザである。

「どうしてもピザっていうなら、マリナーラは王道のナポリピザだし、いいんじゃないですか。いっそのこと、通常サイズで焼いて、カットしてお弁当箱に入れれば、なんとなくいつものサイズ感も伝わりますし、私たちだって通常の工程のほうがやりやすいですよね。そうだ、ガーリックは全体的に控えませんか。ソースは専用に仕込むことになっちゃうかもしれませんけど、お弁当となれば、においを気にする方もいると思いますし」

「なるほど。いいかもしれません。カットしたピザなら、スペースも埋まるし、インパクトもあります」

「穂波さんのカフェに通ったかいがありました」

「穂波さんといえば、ニョッキだっていいんじゃないか。ピザがトマトソースなら、ニョッキはホウレンソウだな」

皆見が言うと、料理長は嬉しそうに笑った。

「なんだか良いのができそうじゃないですか。店長、さっそく、明日もマネージャーを呼んでください。試作品を見てもらいましょう」

こうして、内容は決まった。メインは、工場のランチボックスと同じで、チキンの香草焼きになった。オープンで一度に調理でき、朝の忙しい時間帯に店の仕込みも並行しなくてはならないという、キッチンの状況を考えたメニューだった。魚介のマリネとカポナータも添え、彩りも、バランスもなかなかよい。

製造の許可をもらった手前、駅ビルの営業部にも試作品を持っていくと、顔見知りのレストランフロア担当者は絶賛してくれた。

とりあえず、話のまとまった区内の病院三か所にそれぞれ十五食ずつ届けることになった。本来はボランティアで差し入れたいところだが、こちらも会社の存続がかかっているのでそういうわけにもいかず、私たちはただ美味しく食べてもらえることだけを考えて作るしかなかった。

お弁当製造の初日は、東京でもいよいよ飲食店でのアルコール提供が再開される日と重なってしまい、なんとなく気持ちが落ち着かなかった。

製造にはホールのスタッフも参加し、全員が帽子にマスク、ビニール手袋という、徹底されたスタイルで、キッチンスタッフが調理してくれた料理をパッケージに詰めこんだ。

いくら早くから作業を開始したとはいえ、通常の店のスタンバイもあり、かなり時間に追われ、慌ただしいスタートだった。何とか十五食ずつをひとまとめに包んだ時には、オープンを知らせる館内放送が流れ、私たちはすぐに店の営業に気持ちを切り替えなければならなかった。

今はデリバリーの業者もいくつもあるようで、大きなリュックを背負った配達員にお弁当を渡すと、皆見も私たちもようやくほっと息をつくことができた。

お弁当では、お客様の顔を直接見られるわけではない。頭を悩ませたメニューに対する反応が、気にならないと言えば嘘になる。ただ、喜んでもらえることを信じて、この先も作っていくほかはない。

全員がいつもより早い出勤をするようになり、負担が増えたことは確かだったが、その分、スタッフ同士の結束が強まった気がした。お弁当作りは、通常営業よりもキッチンとホールスタッフとのやりとりが親密になる。もともと客数が減って、仕込み量も減っていたためか、料理長が心配したほど、朝の仕込みには影響もないようだった。

新しく加わった仕事が刺激となり、「真っ赤なポモドーロ」に対抗する意味でも、私たちホールのスタッフは、店内での接客にこれまで以上に真剣に取り組んだ。

メニューを説明し、時にはお勧めする。足しげくテーブルに通い、できる限りお客様とのコミュニケーションを取る。かつては当たり前だったのに、この一年はすっかりおろそかにしていたことだ。いや、おろそかというよりも、してはいけないと思い込んでいたのかもしれない。

店内は混雑しているわけではないから、やる気にさえなれば、感染症が流行する以前よりも、ずっと丁寧に接客することができた。今こそが、丸子社長が理想とした、ひとつひとつのテーブルとしっかり向き合うことができる時期なのである。

どうして、一年前にこのことに気づかなかったのだろうかと、歯がゆく思いながら、私はお勧め料理を説明し、迷っているお客様にメニューの組み立てを提案する。

昨年はテーブルサイドで語るスタッフを嫌がる方もいたが、一年が経ち、マスクさえしていればそう気にする方もいなくなった。長引くコロナ禍の日常に、すっかり対応してきたことを実感した。

七月に入り、東京には不穏な空気が漂っていた。

いよいよ東京オリンピックも目前に迫っている。オリンピックに関しては、様々な意見が飛び交い、ひと月を切ってさえ、「本当にやるのかしらねぇ」という会話はほぼ日常のものと化していた。同じ東京でのことなのに、どこか現実感が伴わない。

「真っ赤なポモドーロ」では、本社に近い広島の店舗で、すでにタブレットの試行が始まったらしい。特に問題が起こらなければ、ますます全店での導入を急ぐことは間違いない。

私たちも急がねばならない。ただ単にマルコでは使いたくない、では、先方も納得しない。現状のやり方で問題がないことをはっきりと示さなくてはならなかった。

お弁当の販売は特に問題もなく、無理な増産も要求されず、現状通り続けることとなった。売店に置かせてもらっているという形なので、毎回内容を変える必要がないのは何よりも救いだった。本社にはいくつかの評判が届いているようで、新宿店のお弁当は好評をいただいていると、夏目マネージャーも喜んでいた。

そんな折、にわかに東京の感染者が増加し始めた。

いや、東京だけではない。全国各地でじわじわと増えている。しかも、その数はこれまで緊急事態宣言が出された時とは比べられないほど、圧倒的な数だった。

「これでは、また宣言が出るだろう」

今回もまた、皆見が頭を抱える。

長かった三回目の緊急事態宣言が解除されたのは六月の後半。ようやく、制限が厳しい中でもアルコールの提供ができるようになった矢先のことだ。

喜んだり、がっかりしたり、自分の手の届かない場所から感情を揺さぶられ続けている。きっと、日本中、世界中の人が同じように感じているのではないか。

「でも、オリンピックがあるよ」

「いや、さすがに東京の感染者が千人近い日が続けば、放っておけないだろう。このまいけば、五千人、一万人になるなんて言っている専門家もいる」

「せっかく、ワインが飲めるようになったのに。短かったね」

アルコールが解禁された日は、昼間からワインを飲むテーブルがいくつもあった。もはやノヴェッロ、つまりはフランスのボージョレヌーヴォー解禁のようなノリだった。外での飲酒を愛するお客様にとっては、まさにお祭りのような日だったのだ。

「それより、夏休みにぶつけて、また商業施設の休業要請なんてことにならなければいいが」

「そうなれば、お弁当はどうするの？　せっかく喜んでもらえているみたいなのに。またお客様の信頼を裏切っちゃうよ」

「その場合は、弁当の製造だけでもさせてもらえないか、駅ビルに相談するしかないな」

皆見はそう言ったが、現実的には厳しいのではないだろうか。店の営業の傍ら、お弁当を作るから利益が出るのだ。単価の低い、そう多くもない弁当のために食材を仕入れ、スタッフを集めていては意味がない。

本当に、また休業になるのか。なるとしたら夏休みにぶつけて、また人流を抑えるつもりなのか。オリンピックも開催されるのに？

もう何が正しいのか分からない。私たちは下された決定に従うことしかできない。ほどなく四回目の緊急事態宣言が発出されたが、東京都の感染者数はぐんぐん増え続けた。今回は休業要請も出されず、アルコールの提供だけが禁止された。仕入れたワインはセラーに眠り、抜栓してしまったものは、廃棄の伝票を記入して、開き直ってみんなで飲んだ。

お弁当の販売が始まってから三週間近く経った。新宿店で製造した分は、そのまま新宿店の売上として計上される。しかし、緊急事態宣言となれば、これまでの傾向からして、間違いなく店内の客数は減少するに違いない。アルコール提供も禁じられれば、お弁当の売上は貴重ではあるが微々たるものだ。

「協力金が入っても、まるっきり足りないなぁ……」

皆見が呟く。ただでさえ弱々しい声が、マスク越しのためにますます聞こえにくいが、私にははっきり分かった。

皆見が頭を悩ませているのは、どうやってもまだ売上が足りないことだ。

おまけに、駅ビルは家賃が高い。「シンジュク・ステーションモール」の家賃は売上の歩合方式だが、今のままでは最低保証の金額にも売上が満たないか、ギリギリなのかもしれない。本社も賃料については交渉しているはずだが、とにかく、飲食店は固定費が大きすぎる。利益を出すのは、なんて難しいことなのだろう。

「穂波さん、どうしているんだろうなぁ」

再び、皆見がぽつりと呟いたのは、個人店の窮状を思いやってのことに違いない。

その夜、久しぶりに穂波さんと連絡をとってみた。お弁当のメニューでは、大いに参考にさせてもらったとお礼を言うと、穂波さんは嬉しそうに笑った。

『役に立ってよかったよ』

「最近、どうですか」

『うん。けっきょく、三回目の緊急事態宣言中は休業していたの。その代わり、真空包装機を買って、テイクアウトやネット販売に力を入れていた。ほら、前に六花もレバーパテを買って帰りたいなんて言ったじゃない？　あれがなかなか好評。リピーターもいるよ』

「やったじゃないですか。なんか、つくづく穂波さんってすごいなって思いました。こっちは全社を上げて必死になっているのに、穂波さんは何もかも一人でやっているんですもん」

『どちらとも言えないよ。一人はやっぱり孤独だしね。まぁ、協力金もあったし、何とかこうして店を続けられている。それでも、やっぱり早く元通りになってほしいよ』

以前に比べ、穂波さんはずいぶんさばさばとしていた。いや、もともとこういう性格だったのだ。

「また緊急事態宣言が出ましたけど、夏休みですし、どうなるんでしょうね」

穂波さんは笑った。

『緊急事態も何もないよ。だって、今年はほとんどずっと時短営業、お酒禁止じゃない。何が緊急事態なんだか、さっぱり分からなくて、もうすっかりこれが日常だよ』

その時は確かにそうだと思い、二人で笑って電話を終えたのだが、穂波さんの言葉はけっして間違いではなかった。夏休みに入ると同時に、忙しくなり始めたのだ。

すっかり人々も緊急事態宣言に慣れてしまったのか、今度ばかりは大きな客数の減少は見られなかった。むしろ、以前よりも混み合う店内に、働く私たちのほうが複雑な思いになった。来てくださるのはありがたいし、励みにもなる。しかし、本当にこれでいいのだろうか。

駅ビル内にあるためか、家族連れの中には明らかに地方からのお客様もいる。東京が恐ろしくはないのか。それとも、対策をしていれば、やはり感染することはないのか。喜んで迎えるべきお客様に対しても、猜疑のまなざしを向けてしまう自分にまで戸惑いを覚える。

ランチタイムが終わってもダラダラと来店が続いた。

つい先月までは、人件費を考慮して長い休憩を取っていたのに、今は一時間がやっとだ。事務所に入り、宮園さんが用意してくれたシンプルなパスタをかきこんでいると、間もなく休憩を終える真中さんが泣きそうな顔で戻ってきた。手にはスマホを握りしめている。

スタッフ同士も感染対策として、休憩をずらして、食事は一人ずつ取るようにしている。私は慌てて口元を拭って、ポケットに入れていたマスクを着けた。

「今日、東京の感染者が四千人を超えましたって。どうなっちゃうんでしょう」

「四千人？」

思わず訊き返してしまう。これでは、どこにウイルスがあってもおかしくないのではないか。電車、駅、そして駅ビル。常に多くの人が行きかっている。

今や感染しても病院に入れず、自宅で療養している人も多いという。急変して亡くなったというニュースも毎日のように取りざたされ、人々は戦々恐々としているはずなのに、街が賑わっているのが異様だった。

「六花さん、私、仕事に来るのが怖いです。家から出たくないです。今までよりもよっぽどひどいのに、どうして休業にならないんですか」

そんなことは私に言われても答えようがない。理不尽だけがまかり通っていて、理屈も根拠も存在していない。そんな世の中で、ひたすら働いている気がしてくる。

正直に言うと、私も怖い。できることなら、今こそアパートにこもって、一歩も外に出たくない。でも、後輩の前でそんなことを言うわけにはいかない。

「ホントだよね。っていうか、お客様もよく来るよね。怖くないのかなぁ」

「六花さんってば」

「でも、お客様が来てくれるなら、私たちは迎えなくてはいけない。期待に応えなくてはいけないの。それがマルコの、いいえ、サービスマンの精神だもの」

ほとんど、自分自身に言い聞かせるような言葉だった。自分で言いながら、真中さんがかわいそうになる。でも、だからと言って、じゃあ休めば？ などと言えるはずもない。

「いいチャンスじゃない。この一年、今ほど忙しかったことってあった？ それ以前の売上にはとうてい敵わないけど、私たち、今、すっごく頑張っているよね。だってさ、テーブルには邪魔な仕切板があって、いちいちアルコール消毒もしなくちゃいけなくて、前よりもずっと大変な仕事をしているんだよ？ 十分、誇れることだと思う。もちろん感染は怖いけど、こんなに感染者が増えちゃったら、もう運みたいなものだもん。自分の強運を信じて、一緒に頑張ってよ。私、『真っ赤なポモドーロ』に絶対に負けたくない」

最後の言葉に力を込めた。強く真中さんを見つめる。

しばらくして、真中さんが頷いた。

「負けたくないです」

「よし、私もコレ食べたら、すぐホールに戻るから、もうひと頑張りしておいで」

「はいっ」

　小柄な真中さんの後ろ姿を見送り、私は「ごめん」と呟く。本当は私だって怖いんだよ～と、伸びをしながら声に出してしまう。店内は混雑していて、けっして私たちが感染しないとは言い切れない。私は一人で暮らしているけれど、真中さんや皆見は家族と暮らしていて、どこでどう感染が広がっていくか分からない。やっぱり怖い。けれど、働き続けるしかないのだ。それに、マルコには何よりも売上が必要だった。

「やっぱり鈴木さんだなぁ」

　ふいに聞こえた声に、驚いてフォークを落としそうになった。調理場のほうから、寺田料理長が覗いていた。

「ええ？　何がですか」

「鈴木さんがいるとさ、みんなの士気が上がるんだよね。下の子をうまく励ましてその気にさせてくれるし、ホールで飛び回っている姿を見ると、自分も頑張らなきゃって励まされる。何より、いつもお客様と楽しそうに話しているだろ？　あ、僕たちの料理をお勧めしてくれているのかなって嬉しくなるんだ。こういうところ、レッドの奴らに見てもらいたいよなぁ」

思いがけない言葉に、頬が熱くなった。心の中の迷いが晴れるような気がする。

「先輩として当然のことをしただけです。それに、料理長のお料理が美味しいから、私たちも自信を持ってお勧めができるんです」

「嬉しいね。そういうところだよ。鈴木さんは、僕らを肯定してくれる。お客様のこともね。だから慕われるんだ」

「本当は、私だって感染が怖いですよ。だけど、会社のことを考えれば、今頑張るしかないじゃないですか。お客様が来てくれているんだから」

料理長は笑った。「店長が頼りにするのも分かるよ。っていうか、やっぱり鈴木さんはここになくてはならない人だなぁ」

「お店が好きなだけです。この一年で、つくづくそう思いました。どんな仕事でもいいわけじゃない。私は、マルコがいいんです。料理長だって、そうでしょう?」

だからこそ、理不尽にも従う。プライドを持って、立ち向かう。この場所を守りたいからだ。

「ああ、そうか、うん。そうだよね」

寺田料理長は、何度も何度も頷いた。

八月に入ると都内の感染者数はますます増加した。四千人という数字は見慣れたものとなり、五千人を超える日も珍しくなくなった。

真中さんは、毎日ディナータイムが始まる前に感染者数をチェックするのがすっかり日課となり、わざわざ私に教えに来てくれる。もっとも、真中さんから聞きそびれても、必ずと言っていいほど、顔見知りのお客様が「今日は何人よ」と教えてくれる。

駅ビル内でも、テナントのスタッフに感染者が出たという話は珍しくなくなった。数人が感染し、スタッフ不足で休業しているテナントもある。

皆見は駅ビルの営業部から、くれぐれもスタッフの体調管理に気を配り、少しでも体調の悪い者は出勤させないように、厳しく言われているという。

「気づいたか？　オムライス屋が臨時休業になっていた。だんだん他人事ではなくなってきたな」

「さっき、バイトの丸山くんから電話があったよ。熱があるから休ませてほしいって。今日中にPCR検査を受けるって言っていたけど」

「丸山くんか。お盆から月末にかけて、かなりシフトに入ってくれている。抜けられると痛いな」

夕方になって、丸山くんから連絡が入った。「陽性でした」とすまなそうに告げられ、まさかと思いながらも、「店は大丈夫。心配しないでゆっくり休んでね」と電話を切った。

「皆見、丸山くん、陽性だって……」

「とうとうきたか……」

皆見は駅ビルの営業部と本社に報告を入れた。丸山くんの最終出勤日を調べると、最近までサークルの活動が忙しいからと休んでいて、一週間前だった。勤務中はマスクをしているし、食事は原則、一人でとっている。店内には濃厚接触者はいないと判断され、店は変わらず営業を続けられることとなった。

オムライスの店が休業している分、同じ洋食ジャンルのせいか、マルコにお客様が流れてくる。「大忙しだね！」と、無理やり真中さんを鼓舞して、一緒になって店内を走り回った。

翌朝、出勤するといつもは真っ先に挨拶をしてくれる寺田料理長の姿がなかった。何となく嫌な予感がする。ほかの調理場のスタッフに訊ねようとした矢先、ずいぶん早く皆見が出勤してきた。

「六花、料理長の奥さんの職場でクラスターが発生したそうだ。奥さんも熱があって、料理長も今日検査を受けに行くって。陰性だとしても、たぶん二週間は自宅待機だ。弱ったな……」

療養中の丸山くんもキッチンスタッフだ。こんな時、「真っ赤なポモドーロ」の社員ならばホールもキッチンも両方こなすことができるだろうが、私たちはそれぞれ専門職である。特に調理に関しては、経験のない皆見や私はまったく手が出せない。

「皆見、とにかく夏目マネージャーに連絡。ほかの店からヘルプに来てもらうしかない。今日のお弁当は、出勤しているスタッフで何とか間に合わせよう！　こっちは私が見ているから、とにかく連絡を取って、段取りをつけて！」

「ああ、頼む！」

　しかし、ほかのマルコも同じような状況で、どこもヘルプなど出せないとのことだった。あれだけ人件費を削れと言われてきたのに、肝心の時に人が足りない。日々、五千人近い新規感染者が積み上がっていくのだから、当然のことかもしれないが、それに反して、店は忙しいのだ。だから、チャンスを逃すことはできない。何としても、今、売上がほしい。

　けっきょく、この日は夏目マネージャーがヘルプに来てくれた。ブランクはあっても、もともとキッチンスタッフだったので、一通りの仕事をこなすことができる。ただ、各店の人員の確保にも追われているらしく、夏目さんの携帯は鳴りっぱなしだった。

　夏目さんのおかげで急場はしのいだが、今日だけの話ではない。幸い寺田料理長は感染していなかったが、二週間の自宅待機である。あまりにも長い。

「つくづく、やっかいな病気だよな」

　閉店後の事務所で、汗だくになったネクタイを緩めながら皆見が言った。

宮園さんが「疲れましたぁ」としゃがみこんだ。普段はサラダや前菜を担当している彼女が、今日は初めてパスタのポジションに入った。もちろんこれまでも練習してきたが、実際の営業中にフライパンを振るうのは初めてだった。

「私も」と、真中さんまで宮園さんに肩を寄せるようにへたりこんだ。

キッチンのスタッフをカバーしなくてはならず、途中から私が洗い場に入ったため、真中さんは、私の分までホールを走り回ってくれたのだ。そういう私は、慣れない洗い場の仕事で全身ずぶ濡れである。

突然、電話の音が鳴り響いた。閉店後の電話は、クレームか、スタッフや本社からの連絡でほぼ間違いない。私たちは、しばし鳴り続ける電話を見つめていた。

嫌な予感がする。互いに視線を交わし合った後、皆見が意を決したように手を伸ばした。

「ありがとうございます。カジュアルイタリアン・マルコでございま……、ああ、桐子さん」

皆見の口から、ベテランアルバイトの名前が出た瞬間、私と真中さんは、ほとんど同時に耳をふさいだ。ふさいでいても、皆見の声が無情にも突き刺さってきた。

「桐子さん、ワクチンの副反応で熱が四十度近くあるんだって。明日も、明後日も無理だな……」

受話器を握ったまま、皆見もまた、崩れ落ちるように椅子にへたりこんだ。

「コレ、もう営業継続不可能なんじゃないですか」

真中さんが、下げてきたお皿を洗い場に出しながら言う。緊急事態宣言下とはいえ、夏休み中の繁忙期にもかかわらず、スタッフは平時の半分である。

「私もそう思う。でも、せっかく売上を取れる時に、休むわけにはいかないという、本社や皆見、ビルの営業部の考えも分かる。私は自分が感染してしまうまで、這ってでも頑張ろうと思う……」

私は洗い上がったばかりの熱々のカトラリーを磨きながら応じる。すでに、新しくセットする分が足りないのだ。まさに自転車操業である。普段なら、少し手が空いたスタッフが磨いておいてくれるのだが、今はどこを探してもそんなスタッフは存在しない。

もちろん、感染は恐ろしいが、今では日常業務が過酷なあまり、すっかり感覚がマヒしてしまっている。身近に感染者が出ているのにもかかわらず、なぜか自分だけは大丈夫というような、まったく根拠のない自信まである。だからこそ、ここまで感染者が増えたのだろうと思いながらも、とにかく今は店に来ないわけにはいかないのだ。

真中さんは心配そうに私の顔を覗き込んだ。

「やっぱり、あの時、辞めちゃえばよかったんじゃないですか。ホントはそう思っていません？」

「そういや、すっかりタブレットのことを忘れていた。今は本社もレッドの奴らもそれどころじゃないでしょう。大手の外食チェーンでも、スタッフ不足で休業している店舗がいくつもあるらしいし」

「このまま、忘れちゃえばいいのに。だって、今は満席ですよ？　タブレットなんてなくたって、私たち、ちゃんとお客様の注文を聞けているじゃないですか」

頬を膨らませる真中さんを見て、もっともだと思う。タブレットを導入すれば、私たちはもっと大きなものを失ってしまう。そのことに、どうやったら気づいてもらえるのだろう。

「あっ、真中さん、お料理上がっている！」

「ホントだ！　じゃあ、ちょっと行ってきます！」

真中さんは、湯気を上げるカルボナーラとキノコのリゾットを持って、バックヤードを飛び出していった。

私たちは、まとまった休憩も取らずに働いていた。頼りにしていたバイトたちは、ワクチンの副反応や、熱っぽいからという理由で欠勤者が続出した。けれど、私たちはそれを受け入れるしかない。残された者で頑張るしかないのだった。

全国の感染状況に反して、レストランフロアは依然として好調である。きっと、下のファッションフロアも賑わっているに違いない。人々はもう我慢することに疲れ切ってしまっている。どこかでストレスを発散したくて仕方がないのだ。

ふと思った。私も、店内を走り回ることで、発散できているものがある。

しっかり働いているという自覚、お客様に喜んでもらえているという満足感、会社のために貢献しているという自尊心。思いっきり走り回り、ヘトヘトになるまで働くことで得られる高揚感は、ここしばらく経験していなかったことだ。今、私たちは必要とされている。まさか、感染状況が最悪の時にそれを実感することになるとは考えもしなかった。

スタッフが少ないから、閉店後の作業にもいつも以上に時間がかかった。

家に着くのはたいてい午後十時を過ぎた。以前はこの時間も営業していたのだから、それに比べればずっと早いのだが、疲れ切っているため、シャワーを浴びればすぐに眠ってしまう。

家ではとにかく眠りたくて、スマートフォンも通勤中の電車の中でしか見なかった。

穂波さんと母親からは何度か着信があったが、かけ直す余裕もなかった。

穂波さんからは同時にメッセージも届いていたから、短い文章とスタンプで返した。

感染者数は多くても、出歩く人は出歩いているんだね、とは穂波さんの言葉で、それはまったくの同意見だった。

短いメッセージの中でも、これまでの状況を知っているだけに、すんなりお互いの様子を伝え合うことができた。ネット販売のほうもそれなりに需要があるらしく、穂波さんが頑張っているなら、私も頑張らねばと、自分に発破をかけることもできた。

母親のほうは、ついそのままにしてしまった。数日にわたり何度か着信はあったものの、しつこくかけ直してくるわけでもない。留守電にメッセージも残していないから、特に急用でもないのだろうと決めつけた。以前の母親との会話を思い出せば、モヤモヤとした思いまでよみがえってきて、たとえ時間があってもかけ直す気にはならなかったかもしれない。

お盆の期間に入っても、東京の感染者数は衰えを見せなかった。

駅ビルも相変わらず賑わっていて、人出が多いから感染者が減らないことは分かっていた。ついこの間まで、オリンピックが開催されていたのだから、浮かれる気持ちも理解できる。

ただ、アルコールを出していないにもかかわらず、大声を出して盛り上がるテーブルがあれば、私はそっと皆見に頼んで、注意をしてもらった。周りのお客様が安心して心地よくお食事ができるように気を配るのも、私たちの大切な役目だからだ。

寺田料理長からは毎日のように連絡が入った。しきりに、大変な時に申し訳ないと謝ってくるから、こちらまで切なくなった。

以前の緊急事態宣言中、新宿店が休みとなった時も、他店にヘルプに行っていた料理長である。あの時とは違って、今はお弁当の製造もあり、店のほうもびっくりするくらい忙しい。どれほど悔しい思いをしているかと思う。

特に、最近はピザのテイクアウトも多くなった。オリンピック期間中は自宅でピザを食べながらテレビ観戦するのかと思ったが、閉幕してからも需要があるとは、ここにきて、ようやくマルコのピザが周知されてきたということなのだろうか。

しかし、今やスタッフは瀕死の状態である。ピザ場のベテランスタッフも休んでいて、残された者で何とかキッチンとピザ場を動かしている。店内のオーダーに加えて、たびたび入ってくるテイクアウトの注文に、私たちはすっかりオペレーションを乱されてしまっていた。

今日にいたっては、ホールは皆見と真中さん、私の三人で無理やり回している。この春に採用したバイトもシフトに入れたが、出勤回数が少なかったせいか、てんで使い物にならないのだ。

皆見がご案内係とレジを兼務し、隙を見て、空いたテーブルを片付ける。私と真中さんは二人で店内を走り回り、注文を取って、料理を運ぶ。会計が済んだテーブルがあれば、すぐに駆けつけて片付ける。バイトにはそのサポートをさせるしかなかった。

「ちょっとこれ、どう考えても限界じゃないですか」

「私もそう思う。かなりお客様を待たせちゃっているよね。クレームになったらまずいな」

「クレームもどきなら、もうなっていますよ。さっきから、ピザが来ないって、いろんなテーブルから言われています。こういう時に限って、パスタじゃなくてピザばっかり注文が入るんですから」

「そういえば、私もピザばっかり。今日は、ピザが食べたくなる日なのかな」

「もう、くだらないこと言わないでくださいよ」

真中さんはほとんど泣きそうだった。しかし、すぐに手を上げているお客様に気づき、ぐいっと目じりを拭って駆け付ける。

注文がピザに集中する理由は分かっていた。平日とは違い、お盆休み中の人々には時間の余裕があるのだ。おまけに、ファミリー層も目立つ。家族ならば、料理のシェアも気にすることはない。だからこそ、ピザのほかにもディナータイムのようなアラカルトの注文が多く、それが料理長を欠いたキッチンスタッフにとって、いっそう負担となっているのだった。

ふと思った。もしもタブレットでそれぞれのテーブルが注文を入れていれば、ホールにいる私たちは、リアルタイムでどんな注文が入っているか知ることはできない。ホールを回り、自分で注文を受けるからこそ、どんな料理が出ているのか、提供に時間がかかりすぎていないかを、把握できるのではないのか。

ましてやこういう時こそ、ぐるりと全体を見て、不満そうな表情のお客様がいないか気にかけることが大切なのだと思う。それこそがプロの仕事ではないのか。

視界の隅に、ピザ場に走る真中さんが見えた。きっとまたどこかのテーブルで、ピザの催促を受けたのだろう。今日のピザ場のスタッフは、いつもならパスタを担当している不慣れな山越(やまごし)くんだった。

会計を終えたお客様を送り出した皆見に、真中さんが何かを訴えている。私は、それをテーブルの片付けをしながら眺めた。消毒用アルコールで拭き上げ、こちらに視線を送った皆見に大きく頷く。皆見はすぐに先頭に並んでいた方を店内に導いた。私は席までご案内し、ふと顔を上げて、そのまま固まった。

皆見がスーツの上から白いロングエプロンを巻き付け、袖をまくり上げて、手を洗い始めたのだ。真中さんはその様子を凝視していた。

皆見は山越くんをピザ窯の前に立たせると、自分はパッと打ち粉をふるい、丸められた生地を手にとって、手のひらと指を使って伸ばし始めた。たちまち、黒いスーツは粉にまみれる。

皆見が調理場スタッフのようにピザを作れるとはとても、思えなかった。けれど、皆見の手つきはなかなかだ。打ち粉をふった大理石の台の上に発酵した生地を置き、揃えた指先で潰すように丸く平たくする。手のひらで大理石に押し付けるように広げ、最後は空中で片方の手のひらに叩きつけて、さらに大きくした。

素早くトマトソースを伸ばし、並んだオーダーを見て、手際よく具材とチーズを散らす。山越くんはそれをパドルにすくうようにのせ、さっと窯に入れる。皆見はすでに次の生地にとりかかっている。見事な連係プレイだ。溜まっていたテイクアウトや店内のオーダーを次々に仕上げていく。まさか、皆見にこんな特技があるとは知らなかった。

お弁当の製造でも、もっぱらパッケージに詰める作業に専念し、営業中は調理のことなど我関せずといった様子で、澄まして店頭に立っているのが皆見だと思っていた。真中さんは、目をキラキラさせて、じっと皆見を見つめている。

しかし、私と真中さんが皆見に見とれている間に、ピザ以外の料理も次々に仕上がり、食事を終えたお客様は食後のコーヒーを待っていた。

あちこちのテーブルから催促され、私と真中さんはハッと現実に引き戻された。しびれを切らしたのか、宮園さんが自らパスタを運んでいる。せっかく仕上げた彼女にとって、デシャップカウンターに置かれたパスタが冷めていくのが許せなかったに違いない。

私は心の中で「ゴメン」と詫びながら、皆見の代わりにレジに入った。下げた皿をバックヤードに運びながら、真中さんが、「六花さん、ピンチです。コーヒーを落としていませんでした」と切羽詰まった声で囁く。レジを終えた私は、大慌てでドリンクカウンターに入ってコーヒーを落とす。待たせてしまっているお客様には、ビスコッティをサービスして、何とか事なきを得た。

焼き上がったピザを運ぶついでに、ピザ場に顔を出して、「皆見が抜けたおかげでホールも大ピンチだよ」と言えば、粉にまみれた皆見も「うるせぇ。こっちだって必死なんだ」と言い返す。

その時、ピザ場の前に立つ人影に気づいた。スーツ姿の、がっしりとした体形の男性が、腕を組んでピザ場を凝視していた。

「し、社長！」

顔を上げた皆見が、目をまん丸にして叫んだ。

立っていたのは、我らが社長、丸子幸三郎だった。

丸子社長は、腕を組んだまま、粉まみれの皆見を睨みつけている。それから、おもむろに上着を脱ぐと、やはり袖をまくり上げて手を洗い始めたではないか。丸子社長は、確かイタリアブランドのスーツを愛用している。アルマーニが粉まみれになってしまう。

「皆見圭吾」

「はいっ」

「お前はホールに戻れ。ホールのスタッフがてんてこ舞いだ。早急に乱れたオペレーションを仕切り直せ。まだ外にはウエイティングが続いているぞ。絶対にお客様をがっかりさせるな」

「はいっ」ともう一度応えて、皆見はエプロンを外す。外したエプロンを、すでに打ち粉を手に取った社長の腰にソロソロと回している。やっぱりアルマーニが気になるらしい。

「そうだ、皆見圭吾」

丸子社長は、ピザ場を出ようとした皆見を大声で呼び止めた。スーツについた粉を払い落としていた皆見は、硬直したように身を竦ませる。社長は大理石の上で生地を大きく伸ばしていて、けっして手は休めない。

「ピザ場に入る時は、せめて上着くらい脱ぐものだ」

次の瞬間、空中に大きく伸びたピザ生地が舞い、たまたま見ていたお客様がおおっと歓声を上げた。どこからか、拍手の音まで聞こえる。

ピザ場から出た皆見は、めくり上げた袖を直しながら、いつもと違う鋭いまなざしで、ぐるりと店内を見回した。私も、真中さんも皆見を見つめていた。

「真中は仕上がった料理をとにかく提供。戻ってくる時には、必ず食べ終えた皿がないか見て、手ぶらで帰ってくるな。六花は店内を一周して、それぞれのテーブルの進行状況を把握してほしい。少し早めにコーヒーを提供しても構わない。新人バイトには、とにかくお冷のボトルを持って店内を回らせろ。お会計が入ったら、三人ともテーブルの片付けを最優先だ。ウエイティングのお客様を、少しでも早くご案内することに集中しろ」

「はいっ」

こういう時の皆見はやっぱり頼りになる。状況を分析して判断をする皆見と、体が勝手に動く私。タイプは違うけれど、ずっと一緒に仕事をしてきたから、次にどう行動するかが読めて、お互いに動きやすい。皆見はいつも人手が必要なポジションにするりと入り込んできて、スムーズに店を動かしてくれる。

ピザ場にいた皆見に気づいたお客様の何人かは、粉のついたスーツを見て、「店長さんも大変ねえ」と笑った。思ったよりも、店の空気は和やかだ。いや、ついさっきまで殺伐として感じられたのは、私が余裕をなくしていたからかもしれない。

見渡せば、それぞれのテーブルでは食事に没頭し、私たちのことなど気にしてはいない。楽しそうな姿に、ほっと胸をなでおろす。

その日はディナータイムまでご来店が途切れることはなかった。翌日も休日となれば、ゆとりがあるのだろう。

ラストオーダーになって店内が落ち着くと、ずっと手伝ってくれていた丸子社長がようやくエプロンを外して、ピザ場から出てきた。

「やれやれ、久しぶりの現場もいいものだ。お客様の笑顔を見ると、疲れも吹き飛ぶ気がするよ」

ピザ場は店頭に面している。会計を終えたお客様は、たいていピザ場を覗き、目の前でピザ生地を伸ばしている社長に、「美味しかった！　ご馳走様」などと声を掛けてお帰りになっていた。

もちろん彼らは、ピザ場のスタッフが社長本人だなどと知るはずはなく、きっと帰り道では「熟練スタッフさんのピザ、美味しかったね！」などと会話をしているに違いないのだが、そのつど顔を上げて笑顔で軽く会釈していた社長も、久しぶりに直接感じたお客様の反応に、たいそう嬉しそうな様子だった。

「社長、ありがとうございました。おかげで助かりました」

皆見が深々と腰を折る。

「どこの店舗もスタッフ不足で苦労をかけている。当然のことだ。夏目麻琴も今日はどうしても広尾の調理場に入らなければならないと言うしな。どんなものかと、都心の店舗を巡回していたのさ。ちょうどよかった。グッドタイミングだ」

社長が来てから、私はずっと考えていた。これはまたとないチャンスだ。忙しさにもまれながら、頭の中では別の思考も目まぐるしく回転していた。おかげで、夜まであっという間だった。

「社長、少し聞いていただきたいお話があるのです」

私は思い切って前に出た。皆見が驚いたように私を見る。

「君は、ええと、ちょっと待てよ」

社員だった時には、何度も社長と顔を合わせている。

「そうだ、鈴木六花！　よく覚えている。新入社員の時から、ひどく威勢がいいと評判だった」

よい評判と、悪い評判、おそらく半々だろう。問題児だからこそ、印象に残る。

「会社の買収はショックでした。むしろ、落ち込んだ売上を回復できなくて、現場の私も申し訳なく思っています」

まずはしおらしく頭を下げた。社長もふっと真面目な顔になる。

「そういう問題じゃない。会社を守ることができず、こちらこそ申し訳なかった。君たちが気にすることはない」

そうなのだろうか。私たちの努力が足りなかったから、お客様に「来たい」と思ってもらえなかったのではないか。

「……でも、いろんな面でレッドフードシステムの意見を聞き入れるのは違うと思うんです。だって、社長が築き上げたマルコですよ。その信念を教えられて、私たちはここで働いてきたんです。本場イタリア仕込みの美味しいお料理、南イタリアにあるオステリアのように、お客様とスタッフが気取らずに触れ合えるサービス。けれど、けっして砕けすぎずに、レストランという形で成功させたのは、社長じゃないですか」

丸子社長は、気分を害した様子もなく、ピザ場から店頭を眺めた。先日届いたばかりの大きなポスターが貼られ、あまりにもダサすぎるピザの看板まで置かれている。

「品がないよねぇ」

私たちは社長の呟きに耳を疑った。

「だけどさ、『マルコ』がなくなっちゃうほうが、よっぽど僕にとってはつらいんだ。働いている君たちにとってもそうだろう？　だから、最低限の妥協をせざるを得なかった」

「……でも、布ナプキンは守ってくださいました」

皆見だった。

「差別化は必要だからさ。安っぽい店には絶対にしない。料理の味とサービスの質の整合性は保つつもりだ。それだけは譲れない」

「だったら、タブレットも拒否してください」

思い切って言うと、社長はなるほどといった表情で、チラリと皆見を見た。

「新宿店に、やたらとタブレットに反発するスタッフがいるって、夏目麻琴から聞いている。そうか、鈴木六花だったか」

おそらく皆見が、タブレットへの反論を逐一マネージャーに伝えていたのだろう。そういうところはマメな男だ。皆見はさっと視線を逸らす。

「どうして、鈴木六花はそう思うんだい」

社長はじっと私の目を見つめた。日に焼け、無数の笑いじわが刻まれた、優しそうな目だ。けれど、下がった瞼の奥の瞳はびっくりするほど知的で、鋭い輝きを放っていた。

呑み込まれそうになりながら、私は心に抱いていたものを言葉にしていく。

「根本的に、マルコと『真っ赤なポモドーロ』は違います。ここはお客様と接することを前提に作られたはずです。テーブル数、レイアウト、適正なスタッフを配置すれば、オーダーを伺いに回ることも、けっして無理なことではありませんし、今までだってずっとそうしてきました」

席数は多いが、便宜上、AとBのふたつに分かれたホールは見通しもきき、全体を把握しやすい構造になっている。いつも走り回っている店内を思い浮かべながら、私は言葉を続けた。

「それに、直接オーダーを取ることは、どのテーブルにどんなお客様がいるかを把握することにもつながります。私たちは何度もテーブルを回るから、お料理の進行状況や、何か問題がないかを知ることができるのです。それに、年配のお客様も多くいらっしゃいます。そんな方にタブレットを操作させるなんて、店として冷たいと思いませんか。操作方法を教えるよりも、私はそんな方々に寄り添って、お勧めのメニューを紹介したり、ちょっとした日常会話をしたりしたい。レストランは、そういう、人と人との交流の場所でもあったのではないでしょうか。私、間違ったことを言っていますか」

社長はずっと私の目を見つめていた。私も目を逸らせなかった。緊張で、手のひらが汗ばんでいた。

しばらくして、社長は笑った。夏目さんのように、目がなくなるような笑い方だった。

「いやあ、実に気が合うね。僕もタブレットなんてヤボなものは置きたくないんだ。あちらさんみたいな大きい店ならいざ知らず、ウチなんて、一番大型の新宿店でも九十六席だし、スタッフがさして多いわけでもない。金をかけてタブレットを入れれば、そのままホールのスタッフを一人削れると思うかい？　思わないね。さっき、皆見圭吾がぐちゃぐちゃになっていた店内を立て直しただろう？　それってさ、君たちがそれぞれのテーブルのお客様を一人一人ちゃんと見ていたからできたことじゃないのかな」

社長は私たちを見回した。皆見も、私も、真中さんも頷いた。

「料理の提供に時間がかかれば、素直に『お待たせして申し訳ございません』と言葉が出るだろう？　待ちくたびれた表情を見ているから、心からすまないと思えるんだ。そうのを、本当の接客っていうんじゃないのかな。僕はさ、お客様との心と心のつながりを大切にした商売をしていきたいんだよ。さっき、ピザ場にいた僕に、お客様が笑顔で美味しかったと言ってくれた。それに僕は笑顔を返す。こんな交流を、もっともっと、食事中の店内でもできたら、素晴らしいことだと思わないか」

社長の目が輝いていた。

「だから、タブレットを入れるつもりはない」

社長は力強く言い切った。

真中さんが、私の腕をぎゅっと握ってきた。私は皆見と顔を見合わせる。体中に込めていた力がすうっと抜ける。私たちにのしかかっていた、何かずっしりと重いものが、ゆっくりと空気に溶けていくようだった。

「ウチはウチ、あちらさんはあちらさんだ。今の時代に、誰もが考えもしなかった感染症に見舞われ、これから世の中は大きく変わっていくと思う。非接触、非対面のサービスもそのひとつだ。だが、この一年で、人を避ける一方、人との結びつきがいっそう必要だと感じたことはなかったかい？ 孤独を感じた人も多かったはずだ。少なくとも、僕の店では、お客様とかかわる機会を減らすつもりはない。常に触れ合える場所でいたい。これは、絶対に変えてはならないことだ」

私は何度も深く頷いた。まったく同じことを考えていた。

「でも、大丈夫なんですか。レッドフードシステムのほうは……」

皆見が慎重に言葉を挟んだ。

「別の方向性を持てばいい。その住み分けも、せっかく大きくなった会社を成長させることになるんじゃないかな。あちらさんは、都心へのコネクションと、僕らの本場の技術が手に入るんだ。安いものさ」

社長が言うと、このままうまくいきそうな気がしてくる。

「とにかく、タブレットは断固反対だ。僕がその不便さを実感しているからね」

「え？」

その理由を知って、私たちは唖然とした。

社長は去年の春先、何か目玉になるようなメニューのヒントはないものかと、イタリアに出張していたというのだ。しかし、感染の拡大でなかなか帰国することができなくなってしまった。そこで、仕方なく、日本とのやりとりはオンラインでとなった。

月に一度の店長会議で本社を訪れていた皆見は、社長が不在だということを知っていたはずだ。だが、緊急時のトップの不在は、現場に大きな不安をもたらす。皆見たちは、社長がイタリアにいることを内密にするよう言われていたのかもしれない。

チラリと皆見を見たが、口をつぐんで立っているだけだった。

「店に導入するタブレットとは違うけれど、おおもとは変わらないと思うんだ。とにかく、その場にいなくてはまったく空気が伝わらない。状況が理解できないのは、現場を動かす上で致命的だ。だから、今はできる限り現場を見て回ろうと思っている」

「そのおかげで、今日は助かりました」

真中さんが頬を紅潮させて、勢いよく頭を下げた。もしかして、彼女が社長と間近でやりとりをするのはこれが初めてかもしれない。

「社長、けっきょくイタリアで、何かいいアイディアは得られたのですか。こう、マルコの起死回生を図れそうな……」

真面目くさった声で皆見が訊ねた。

「うん、まぁ、あの時はいろいろと大変な思いをしたからなぁ」

社長は困ったように眉を下げた。当時、まさに感染の渦中だったヨーロッパに社長はいたのだ。

「アイディアはさ、この一年、みんなが必死に絞り出してくれただろう？　新メニュー、テイクアウト、デリバリーにランチボックス。会社は守り切れなかったけれど、そうやって試行錯誤して、新しいことにチャレンジしたことこそ、僕らが得た、もっとも大きなものじゃないかと思うんだ。そこで出たアイディアにまさるものなんて、僕には思いつかないよ。本当によく頑張ってくれた。それでも会社を守り切れなかった僕が提案できるのは、これくらいしかない」

た。

丸子社長は表情を引き締めてそう言うと、皆見を指先で招き寄せ、耳元で何かを囁いた。

皆見は驚いたのか、わずかに目を見開いた。

「いいか、皆見圭吾。このことは、ポモドーロの奴らには絶対に秘密だぞ」

社長は、さっきまでの表情とは打って変わって、いたずらっぽく笑った。

皆見がびっくりするくらい真剣な顔で「かしこまりました」と応えると、社長は満足したように頷いて、アルマーニの上着を羽織った。

颯爽と去っていく丸子社長をスタッフ全員で見送りながら、アイディアとは何かと訊ねてみたが、皆見は首を振るだけだった。

八月の後半、ようやく寺田料理長が復帰した。休んでいた大学生も出勤してきて、店は本来の姿を取り戻しつつある。

「店長がピザ場に入ったんですか。いやぁ、そこまで追い詰められていたんですね」

開店前のひと時、デシャップカウンターの向こうで寺田料理長が目を丸くする。

「いやいや、すぐに丸子社長に追い出されましたけど。あの人、ホント、ピザが好きなんだなぁ」

「私は、皆見がピザ場もやれるってことに驚いたけど……」

スタッフの欠勤が続いた期間、通常よりもかなり早く出勤して、お弁当を作り、開店準備をしていたからか、今でも私と皆見は早く出勤するくせが抜けていない。久しぶりの料理長も早かったので、開店までに時間が余ってしまった。

「エリが生まれた頃かな。いつか見せてやりたくて、練習していたんだ。せっかくピザが自慢の店で働いているんだしな。でも、スタッフが次々に休んだだろ？　さすがにマズイと思って、つい先日、ちょっと宮園さんと練習したんだよ」

「さすが店長」

「早くエリちゃんに見せてあげられるといいね。家族揃って、心から安心してレストランに出かけられる日はいつくるのかな」

「そうだなぁ。気にしすぎなければいいのかもしれないけど、ウチはもう少し先だな。お弁当持って、公園がいいとこだ」

皆見の表情が和らぐ。ちょっと羨ましくて、目を逸らした私は大きく伸びをした。

寺田料理長は開店前の一服に行ってしまい、私と皆見はデシャップカウンターを背に、並んで店内を眺めた。

入社して数年目で経験も浅かった頃から、ずっとこの店で奔走してきた。皆見が異動してきてからは、時には競うように走り回った。

ふと、皆見の目じりに優しい笑いじわを発見し、積み重ねた日々を思う。入社して十年。仕事もそれ以外も、私たちにはいろいろな変化があった。

「皆見、私、この状況が、今でよかったって思うんだ」

「コロナが？　どうしてだよ」

「若い時だったら、あっさり見切りをつけちゃいそうだもの。そこそこ経験も積んだ、三十代の今でつくづくよかったって思う。去年の春、初めて駅ビルが休業になったでしょう。もしも、入社したばかりの頃だったら、ああ、世の中に必要とされない仕事なんだなって、スーパーにでも転職していたかもしれない」

「お前ならあり得るな。典型的な猪突猛進型だし、わざわざ忙しいところに飛び込む傾向がある」

「優柔不断な皆見とは違うからね」

「俺は慎重なんだよ」

ほとんど同時に私たちは吹き出した。

「私ね、今はこの仕事が必要だって信じられるんだ。一年前は不安だったけど、やっぱりお客様はレストランでの食事を楽しみにしてくれている。世の中が落ち着けば、もっともっと来てくださる。この夏でそれを確信できた。買収されて、どん底を経験したんだから、これからは回復しかないよね」

「まだ東京の感染者は多いけどな」

「多いけど、皆見だって実感したでしょう、あの賑わい。病気にだって、人間のささやかな楽しみを奪うことなんてできないんだよ。希望がなければ、生きていても楽しくないもの。マルコのピザが食べたいとか、映画が観たいとか、ほんのちょっとした楽しみを持つことで、私たちはずっとずっと幸せになれる」

皆見は真面目な顔で頷いた。

「私にとって、ささやかな楽しみのひとつが、皆見やお客さんと会える、マルコで働くことかもしれない。この仕事が好きなんだって、つくづく実感したよ」

皆見の視線を感じて、急に自分の発言が恥ずかしくなった。

私は気づかないふりをして、開店前のぼんやりとした照明でまどろむ店内を眺めた。

「……パート、辞めろよ」

しばらくして、皆見が言った。驚いて顔を上げると、皆見はまだ私を見つめていた。

「前みたいに、一緒にやればいいだろ？　社員登用制度を使えばいい。最初は契約社員、それから試験を受けて、もう一度社員になれ。絶対にそのほうがいい。社員になれば、意見だって堂々と言うことができる」

「え～、今さら、本社に行って、総務の人や夏目マネージャーと面接するのもなぁ」

「社長も言っていた。六花がパートなんてもったいないって。希望があれば、すぐにでも中途採用するってさ」

「社長が？　ホント？　でも、今の状況で社員登用なんてしてくれるの？　まだまだ売上も人件費もまずいでしょ」

「感染症が落ち着けば、反動で飲食業界は確実に勢いを取り戻す。今も忙しいんだから、間違いない。その時のための、大切な人材だ」

「え〜、社長が言うなら、仕方ないかなぁ」

心の中ではもう決まっているくせに、わざとらしく渋って見せると、皆見がめんどくさそうに眉を寄せた。

「いいか、これは俺への業務指示だそうだ。必ず、六花を社員に誘えって。とりあえず、指示は伝えたからな。誘えと言われただけで、強要しろとは言われていない」

きっと、皆見も私が断るはずはないと思っているのだ。それも少し悔しい気がして、「じゃあさ、教えてよ」と言った。

「この前、社長はなんて言ったの？　社長のアイディアって何？　まさかあのタイミングで私の社員登用の話のはずないもの。きっとさ、ポモドーロに勝てる、すごい秘策があるんでしょう？」

「知りたいか？」

「うん。知りたい」

「じゃあ、ますます社員にならないわけにはいかないな」

皆見が笑った。

「ナポリを見てから死ね」

「え？」

突然、何の脈絡もない言葉を口にした皆見を、私はぽかんと見つめた。

「あの時、社長が言ったイタリアの格言だ。アイディアなんて、社長が出すまでもなく、俺たちが出すものなんだろうな。だから、社長は考えたんだ。必ず業績を回復させて、俺たち社員に、一度は本場のナポリを見せてやりたいって。いいか、社員だけだぞ。そのためには、これからも、もっともっと頑張らないといけないが、モチベーションだけは上がるだろ？」

予想もしない言葉だった。

「そっか、社員だけか」

「そう、社員だけだ」

体の奥から、何やら笑いがこみ上げてくる。

「ナポリかぁ。なんか、つくづく丸子幸三郎っぽい」

「うん。毎朝、朝礼で『今日も、思いっきり楽しみましょう』と言わせる、俺たちの社長だ」

この先に明確な目標がある。何と楽しく、心強いことか。

　ふと、忘れかけていた熱い思いがよみがえってきた。故郷を離れ、東京のマルコに就職すると決まった時、まだ見ぬ広い世界や可能性に思いを馳せた、あの時の気持ちだった。

「もうひと踏ん張りするか、皆見」

「だな」

　感染症の収束はまだ見えない。この先、もっともっと大きな波が襲ってくることだって考えられる。けれど、必ず乗り越えることができるはずだ。

　波に襲われるたび、おののき、失望し、悔しさを嚙みしめてきた。だからこそ、今の私たちは強い。どんなことが起きようとも、信頼する仲間たちと立ち向かってみせる。大丈夫。世の中を覆っている霧も、必ずいつかは晴れる。今の私は、そう信じることができた。

　思いっきり楽しもう。私は自分に言い聞かせる。

　今日は、いったいどんなお客様に出会うことができるのだろうか。

エピローグ

九月に入った。

私はランチタイムの終了とともにタイムカードを押した。

明るい時間に帰るのはいつ以来だろうか。駅前も、毎日通り抜ける短い商店街も、かなりの人が出歩いている。一回目の緊急事態宣言中とは大違いだ。

今も日々の感染者数は多く、自宅療養者もかなりの人数にのぼっていて、コロナ禍が始まった一年前よりも事態はよほど深刻なはずなのに、不思議だと思う。

人間はきっとたくましい。置かれた状況に対応し、その中で可能な方法を見つけて動き出す。そうやって、ここまでの歴史を紡いできたのだろう。

コンビニに寄って、アイスカフェラテを買う。外に出てから、ふと思い立って穂波さんに電話をした。仕事中かと思ったが、すぐに出た。ちょうどお客さんが帰ったところだという。声を聞くのはずいぶん久しぶりだった。

『この夏、東京はどうなっちゃうんだろうって思ったよ。マルコはもう落ち着いたの？』

「はい。休んでいたスタッフも復帰して、ようやく通常モードになりました」

マルコの社員に戻ると決めたことを報告すると、穂波さんはふふっと笑った。

『そっか。やっと決心したか。ずっと、そのほうがいいと思っていたよ』

「腹を括りました」

『拠り所があるのは、心強いことだよ。皆見だって喜んだでしょう』

けっきょく、皆見に後押しされた形だ。一人で生きているつもりになっていたけれど、けっしてそんなことはない。コロナ禍を経験しなければ、気づかなかったかもしれない。

穂波さん、皆見、マルコの仲間、そしてお客様たち。顔を合わせ、言葉を交わすことが、どれだけ自分にとって、支えとなり、平常な心を保つ助けとなっていたか。もしも完全に一人で家にこもっていたら、重苦しい閉塞感に押し潰されていただろう。

『つながっているんだよねぇ』

同じように思ったのか、穂波さんが言う。

『私も、一度休業を決意した時、ほかの可能性を探して、ネット販売の準備をしたでしょう。それもさ、SNSでアドバイスをもらったり、お客さんから励まされたりしたからだよ。それでね、最初に買ってくれた人の名前を見て、びっくりしちゃった。相良始。この人って、六花の……』

突然飛び込んだ名前に耳を疑った。懐かしいような、忌々しいような名前。

私が慌てて穂波さんの言葉を遮ると、彼女はまたふふっと笑った。

『レバーパテが大のお気に入りで、もう何度も買ってくれている。そういえばさ、前に六花との結婚祝いでカフェに招待した時、美味しいって絶賛してくれたもんね。六花もコレ、大好きじゃない？　なんか、食の好みはバッチリなのになぁって、おかしくなっちゃった』

「もう、やめてくださいって。やだなぁ、あの人。そういうとこ、無神経なんですよね。バレたら気まずいって思わないのかな」

『バレたかったんじゃない？』

「え？」

『だって、私の印象だと、六花のほうがよっぽどかたくなだもん。姑さんのほうは、ずっと気にしていたんじゃないかなぁ。こんな世の中になっちゃったから、よけいにさ』

「だからって、遠回しすぎじゃありません？　いくら結婚祝いをしたお店だからって、穂波さんのカフェの、しかもSNSを通してなんて……」

『まぁ、そういう性格なんでしょ。それに、結婚祝いをした店だからこそ、気になったのかもね、ウチがちゃんと営業できているかって。思い出のお店が、なくなっちゃったら悲しいもんね』

思い出のお店。穂波さんの話を鵜呑みにすれば、あの人にとって、穂波さんの店での思い出は、間違いなく「良い」思い出ということになる。

「もう、穂波さんってば……」

抵抗する言葉には力がこもらず、空気のように抜けた。

『ごめん、ごめん。やっぱり、つながっているんだなって思っただけだよ』

つながっているのかは、分からない。ただ、切れていないということかもしれない。

でも、私が思っている以上に、あの人は私のことを案じてくれていることが嬉しくて、じわじわと心が温かくなった。

『どう、もう一度、結び直してみる？　感染が落ち着いたら、カフェにも来たいって言っているよ。まぁ、気楽にちょっと会ってみるのもいいんじゃない？　あ、どうも、久しぶり、みたいにさ。一緒にレバーパテなんて食べるのも、いいかもしれないよ』

お節介な穂波さんに吹き出しそうになる。

「いつか、機会があれば。もしも、本当につながっているなら、まだ機会はあるはずですから」

『了解。じゃあ、こっちはレバーパテでつないでおく』

穂波さんの声も明るい。電話を切ってから、ぼんやりと考えた。

あの人も元気でいたことに心から安心し、人を気に掛けることができる心の余裕に、いつか感じた、憧憬の念がよみがえる。

このおよそ一年半、これまでとはすっかり変わってしまった東京で、私は一人、自分のことだけに必死になってきた。身軽だと思っていた立場を初めて心細く思い、誰かがそばにいればと考えたことも一度や二度ではない。マルコで必死になれたのも、同じ危機に直面した皆見たちが一緒に戦っていると思えたからだ。

もう一度あの人と？

嫌いになったわけではないから、可能性がないとはいえない。

できるだろうか。私は自分の心に問いかける。

コロナ禍を経験し、人々の考えや価値観が変わったのは確かだ。それに、今ならば、どんな困難も乗り越えられるような気がする。相手と協力し、意見を出し合い、そこから何か新しい道が開けるかもしれない。一人では、たどり着けない道が。それを、この夏、マルコで実感したではないか。

アパートに帰り、窓を開けて、部屋にこもった熱気を逃した。蟬の声が一気に入り込んできて、蟬しぐれの中にぽつんと一人でいるような気分になった。これまで、ずっとお店で仲間やお客様に囲まれていたせいだろうか。何だか無性に寂しくなった。

「やっぱり、穂波さんのカフェにレバーパテでも食べに行こうかなぁ」

一度寂しいと思ったら、ますます寂しくなってしまい、やたらとあの人のことを思い出した。

飲みかけのカフェオレをすすったとたん、スマートフォンが鳴った。

また穂波さんだろうか。私は飛びつくように手を伸ばした。

『六花ぁ。よかった。出たー』

母親だった。久しぶりに聞く母の声は、感極まったような涙声だった。

「お母さん、どうしたの」

穂波さんのことも、あの人のことも頭から抜け落ち、スマートフォンを握る手に力を込めた。

『何度電話しても出ないんだもの。一人で具合が悪くなって、大変なことになっているんじゃないかって、もう、心配で心配で……。ああ、でも、やっと電話に出てくれて、本当によかった……』

母の声がやけに懐かしくて、ふいに目元に熱いものがこみ上げる。

マルコ新宿店が深刻な人手不足で疲れ切っていた時、何度もあった母からの着信に気づいていながら、かけ直していなかった。ずいぶん不安な思いをさせてしまったらしい。

日々、伝えられる東京の新規感染者数。入院したくてもできない自宅療養者の数はどんどん膨れ上がり、病状が急変して亡くなったというニュースが毎日のように伝えられた。

地方で暮らす両親にとって、東京はいったいどんなふうに見えていたのだろう。もしかして、渦中にいる私よりも、よほど危機感を募らせていたのかもしれない。

「ごめん。お店が忙しくて、かけ直すタイミングをすっかり逃していたの。心配させちゃったね」

『元気だって分かったんだからいいわよ。もし、この電話に出なかったら、お母さん、東京に行くつもりだったんだから』

「ええっ、ダメだってば。東京はまだ感染者数多いもん」

『でも、六花が無事なのか、自分で確かめなきゃ不安じゃないの。もう、決死の覚悟よ』

母なら、本当にそうしたかもしれない。

「やめてよ、お母さん……」

思わず笑い、こらえきれず涙が溢れた。

知らず、離れたところからこんなにも私を案じてくれている人が、ここにもいる。

全然、私は一人なんかじゃなかった。

「大丈夫、私は元気にやっているよ」

私は大丈夫、と何度も繰り返した。そして、唐突に思い出した。

あの人と離婚をして、私がこのアパートに引っ越した時、母は山形から上京して、手伝ってくれたのだ。たいした荷物もなかったが、私たちは黙々と部屋を片付けた。

思えば、母は私の結婚を誰よりも喜んでいた。

突然、故郷を飛び出して東京の会社に就職し、ろくに連絡もしない娘のことが、ずっと心配でたまらなかったに違いない。だから、結婚でもすれば、東京にも頼るものができて安心だと思ったのだろう。

それなのに、私はわずか二年で離婚してしまった。そのことも申し訳なくて、せっかく手伝いに来てくれたというのに、母への感謝すらろくに伝えられなかった。

母は一晩だけアパートに泊まった。初めての家で迎える夜は、どことなく不安である。見慣れぬ天井を見つめる私に、同じく眠れないのか、母が話しかけてきた。

「六花は一人じゃないからね。お父さんも、お母さんもいるんだから」

そっと、母の手が布団の中に入ってきて、私の手を握った。とても温かかった。

初めて、あの人と別れてたまらなく不安になっている自分に気づき、涙が流れ落ちた。

「六花はさ、私に似て、気が強いのよ。もっと素直になりなさいよ」

たぶん、母も静かに涙を流す私に気づいていただろう。けれど、それ以上はもう何も言わず、ずっと手をつないでいてくれた。

私は、たぶんみんなが思うほど頼りがいのある人間じゃない。単に、素直になれないだけなのだ。

でも、ちゃんとそれを分かってくれている人がいる。遠くから、見守ってくれる人たちが。

ありがとう、もう大丈夫だよと、心の中で呟く。

「落ち着いたら、そっちに帰るよ」

手のひらに、あの日の温もりがよみがえる。でも、今は、もっと確かな温もりをこの手に感じたい。

もうひとつ、故郷よりもずっと近くにある温もりを、私は頭の中に思い描いた。

それは、私の中のいくつもの波を、一緒に乗り越えてくれるたったひとつの温もりだった。

解説

唯川恵

二〇一九年十二月、中国武漢(ぶかん)で原因不明の肺炎が発生したと報道された時、これほど深刻な状況になるとは誰も想像していなかったに違いない。少なくとも私はそうだった。翌二〇二〇年一月六日に、厚労省が注意喚起をした時も、そうは言っても外国の一部の地域のことなのだから、と他人事(ひとごと)だった。

ところが、感染は瞬く間に全世界に広がっていった。その感染力はまさにあれよあれよという勢いで、危機感を持つ余裕さえなかったように思う。事態の深刻さをようやく肌で感じるようになったのは、日本に着岸したクルーズ船での大量感染が伝えられた頃からだろうか。

三月に入ると各国で渡航制限が発令され、それまで溢(あふ)れんばかりに来日していた外国人観光客の姿がぱったり消えた。同時に多くの日本人も外出を控えるようになり、代わりに、使い捨てマスクやアルコール消毒液を求めて奔走するようになった。三月下旬には東京オリンピック・パラリンピックの延期が決まり、四月、最初の緊急事態宣言が発令された。

本書『ただいま、お酒は出せません！』は、ここから始まる。

主人公・鈴木六花は新宿駅直結の商業ビルにあるカジュアルイタリアンレストラン「マルコ」でパートとして働いている。その店が都の要請により休業となるのだ。「やったぁ」と呑気に歓声を上げる若い後輩を尻目に、三十歳を過ぎ、ベテランフロア係として働いている六花は不安に包まれる。これからどうなるのだろう。

この「どうなるのだろう」は、六花に限らずすべての人々に当て嵌まるはずだ。世界は、日本は、仕事は、家族は、自分は、生活は……いったいどうなるのだろう。

人との接触を避けるため、人流を減らすという政策が打ち出され、外食産業は大きな打撃を受ける。繰り返される「不要不急の外出は控えてください」という文言を耳にするたび、レストランという存在が不要であると位置づけられたような気がして、六花は肩を落とす。

あの頃、そんな声をたくさん聞いた。飲食店しかり、理美容院、デパート、衣料品店、スポーツクラブ、コンサート、イベント……冠婚葬祭までもが、不要不急の範疇にあると宣告されたような気がした。

自宅待機となった六花は、レストランの仲間たちとも友人とも会えず、もちろん故郷にも帰れず、ひとりアパートに籠っているしかない。

二年前に離婚して「一人ほど気楽なことはないと羽を伸ばしてきた」六花だったが「窮地に立たされれば、どうしても心細くなる」と、心のうちを吐露する。新型コロナウイルスとの戦いは孤独との戦いでもあった。

この思いもまた、老若男女かかわらず、多くの人の気持ちと繋がっているのではないだろうか。外に出られない、人と会えない、今まで当たり前にできていたことができない。そのストレスは想像以上に人々を追い詰めていった。

この頃、初めて耳にする単語がたくさんあった。三密、咳エチケット、ソーシャルディスタンス、クラスター、濃厚接触、パンデミック、ロックダウン、ニューノーマル、医療崩壊……。今ではすっかり聞き慣れてしまっていることが、むしろ恐ろしい。

最初の緊急事態宣言が解かれたのは五月二十五日。発令から一カ月以上が過ぎた頃だった。

これでようやく日常に戻れる、と安堵したが、ご存じの通り、もちろんそうはいかなかった。

三月にコメディアンの志村けんさんが、四月に俳優の岡江久美子さんが亡くなったのも大きな衝撃だった。感染症の怖さを知った人々は、人の集まる場所には極力足を運ばなくなった。その上、巷にはマスク警察やら自粛警察やらが出没するようになり、外に出るのも気が重い。どこもかしこもぎすぎすし、息苦しい気配に包まれた。

六花の働く「マルコ」も再開に手間取った。客が来ないだけでなく、働き手が揃わない。大幅な売り上げ減による経営逼迫。給付金は出るが、手続きが煩雑なうえ、なかなか支給の目途が立たない。

しかし、この波を乗り越えればきっと何とかなる、その一心で、

「頑張るしかないよ。頑張るっていうか、踏ん張るしか」

と、六花は自分を鼓舞する。

七月に政府の対策キャンペーンＧｏＴｏトラベルが始まり、一時的に賑わいは戻ったが、早くも八月には第二波のピークを迎えた。何とかこれで収まって欲しい、との願いも虚しく、十一月には第三波が始まり、キャンペーンは十二月に中断された。

「マルコ」は、時短とアルコール制限の中、テイクアウトやお弁当など、あの手この手で乗り切ろうと奮闘する。しかし翌二〇二一年三月には第四波（アルファ株）がやって来る。

そしてその最中に「マルコ」は会社経営上、大きな転換点を迎える。

万策尽きた会社や商店が倒産・廃業となるのを、私も身近に見てきた。頑張るだけではどうにもならない、その現実が身に染みるようになったのはこの頃からだ。

そんな中、大きな期待をもたらしてくれたのがワクチンである。これさえ打てばきっと克服できる。賛否両論あるにしても、頼みの綱はこれしかないように思えた。

が、そのワクチンが打てない。それまでもPCR検査が受けられないという不満があったが、それだけにワクチンへの期待度が高まっていた。しかし先進国で接種が進んでいるというのに、日本はかなり遅れをとっていた。

あの時、日本の対応や対策を目の当たりにして、釈然としない気持ちになった方々もいらっしゃるはずだ。日本は先進国ではなかったのか……。

同時に「新型コロナウイルスに感染するのは自業自得だ」と考える人の比率が日本は世界の中で突出して高いと指摘され、国民性を問われたりもした。

あっぷあっぷで暮らす中、七月に第五波（デルタ株）が始まった。それまでは高齢者の感染率が高かったが、今回は五十歳以下の中高年、若年層で感染が広がった。

いつかきっと終わりは来るはずだ。けれども一年半が過ぎても、状況は変わらない。どころか、ますます深刻さを増してゆくばかりだ。

改めて考えてみると、ウイルスに対してあまりに無知だった。

新型コロナウイルスは、元々そこここに存在するありふれたウイルスだという。たとえ体内に侵入しても、今までは風邪のような症状で治まっていた。それが変異を遂げて新型となり、恐怖のウイルスに変貌した。

意思などあるとは思えないウイルスが、生き残るために変異する。そして人間を宿主として増殖する。ウイルスも必死なのだ。そのあまりにシンプルな生態に、シンプルだからこそ手強さを実感する。誤解を恐れずに言わせてもらえば、ある種の感動さえ覚える。

そして、発生から二年あまりたった今、私は長月天音さんの小説『ただいま、お酒は出せません！』と出会い、こうして解説を書いている。

この作品が書店に並ぶ頃には、第六波（オミクロン株）が収束していて欲しいと心から願っている。しかし未だ渦中であり、先の見えない状況は続いたままだ。第七波、第八波と押し寄せる可能性も否定できない。

新型コロナウイルスは多くのものを奪っていった。亡くなった方々、遺された人々。悲嘆と無力感。すべては変わってしまったのだ。失ったものはもう取り戻せないのかもしれない……。

そんな諦観に圧し潰されそうになるからこそ、六花の言葉が胸に響く。

「世の中が変わっても、失くしてはいけないものがある。それは、人と人との交流である」

それは作者である長月天音さんの、祈りにも似た叫びでもあるのだろう。

好きな時に好きなところに行けて、大切な人と会い、握手をし、乾杯し、存分にお喋りし、大きく口を開けて笑い、歌って、時にハグして、じかに触れあう。

当たり前と感じていた生活がどれだけの輝きに満ちていたか。

それを再認識させてくれたことだけが、新型コロナウイルスがもたらした唯一の功績なのだと、せめても思いたい。

（ゆいかわ・けい　小説家）

本書は、集英社文庫のために書き下ろされた作品です。

集英社文庫

ただいま、お酒(さけ)は出(だ)せません！

2022年4月30日　第1刷　　定価はカバーに表示してあります。

著　者　長月天音(ながつきあまね)
発行者　徳永　真
発行所　株式会社 集英社
東京都千代田区一ツ橋2-5-10　〒101-8050
電話　【編集部】03-3230-6095
【読者係】03-3230-6080
【販売部】03-3230-6393（書店専用）
印　刷　凸版印刷株式会社
製　本　加藤製本株式会社

フォーマットデザイン　アリヤマデザインストア　　マークデザイン　居山浩二

ISBN978-4-08-744380-6 C0193